Raufkommen!
Baden!

Eine autobiografische Erzählung.

Erinnerungen an die Kinderzeit in den 1950er Jahren

mitten in Kiel.

von
Jürgen Gebauer

Zum Buch:

Jürgen Gebauer kam Mitte 1951 als fast Dreijähriger aus dem Vertriebenen- und Flüchtlingslager Kuckucksberg in die stark bombenzerstörte Innenstadt von Kiel, Adresse Prüne 12. Interessant erzählt er, wie er dort in einer Großfamilie in einfachen und zum Teil schwierigen Verhältnissen aufwuchs – eine trotzdem schöne, erlebnisreiche Kindheit mit vielen Ereignissen und Lebensumständen in einer 49 qm großen 2-Zimmer-Wohnung und einem einfachen Lebensumfeld.

Fotos und Illustrationen sind zum Teil aus dem Kieler Stadtarchiv, viele aber auch aus dem Familienfundus entnommen. Sie spiegeln das damalige Leben und die seiner Zeit herrschenden Verhältnisse wieder. Diese und deren Erläuterungen ergänzen anschaulich die plastischen Erzählungen.

Zum Autor sei gesagt, dass er als alteingesessener gebürtiger Kieler (73 Jahre) sein „Insiderwissen" für die folgende Generation erhalten möchte. Zeitlebens in Kiel, engagiert er sich immer intensiv für die Familie, die Freunde und die Gemeinschaft. Im Ruhestand und nach jahrzehntelangem ehrenamtlichen Einsatz im Vorstand des Turnvereins Hassee-Winterbek (THW Kiel e. V.) fand er jetzt die Zeit und Motivation, sein schon lange geplantes Projekt zu verwirklichen.

Viel Spaß und Freude beim Lesen!

Bibliografische Information der Deutschen Nationalbibliothek: Die Deutsche Nationalbibliothek verzeichnet diese Publikation in der Deutschen Nationalbibliografie; detaillierte bibliografische Daten sind im Internet über dnb.dnb.de abrufbar.
© Jürgen Gebauer
Satz und Umschlaggestaltung: NiKi's Grafikwerkstatt, Kiel
Herstellung und Verlag: BoD – Books on Demand, Norderstedt

ISBN: 978-3-7562-9577-7

Für meine geliebte Frau Helga.

Für meine geliebten Töchter Nicole und Preeti.

Für meinen geliebten Sohn Dennis.

Und besonders für meine geliebte Enkelin Ayleen.

Euer Schreker, Papa und Opi

Kiel, im Februar 2022

INHALT

PROLOG

*Peter, Ingrid und ich (vorn) „in den guten Sachen" vor dem Umzug vom
Kieler Kuckucksberg in die Prüne/Innenstadt ca. 1951*   *Abb. 001*

Im Frühsommer 1951 zogen wir aus dem Flüchtlings- und Vertriebenenlager auf dem Kuckucksberg nach Kiel in die Stadt. Wir, das sind meine Eltern Werner und Elisabeth (genannt Lisbeth), meine acht Jahre ältere Schwester Ingrid, mein sieben Jahre älterer Bruder Peter und ich, Jürgen, zweieinhalb Jahre alt. Meine Mutter war wieder schwanger mit Gerd, der im September zur Welt kommen sollte. Sie hatte noch zwei weitere Söhne geboren (Dieter und Klaus), die aber ein Jahr vor meiner Geburt und ein Jahr nach mir bereits im Säuglingsalter verstorben waren.

Die Baracken auf dem Kuckucksberg zwischen Kiel-Gaarden und Kiel-Elmschenhagen befanden sich auf einer rund 56 m hohen Erhebung. Dort waren bis Ende des 2. Weltkrieges Offiziere und Soldaten untergebracht. Sie bedienten eine Flak-Stellung zur Abwehr der Bomber, die Kiel, besonders die Werften und Industrieanlagen im Osten der Kieler Förde, bombardierten. Die Soldatenunterkunft bestand aus einer kleineren, fast quadratischen Baracke. Vermutlich waren hier die Offiziere und Unteroffiziere untergebracht. Von dem Flur in der Mitte gingen jeweils zwei Räume ab, Toiletten waren nicht vorhanden. Die Mannschaftsbaracke war ein langgestreckter ca. 35 - 40 m langer Bau und hatte die Aufteilung eines Kasernengebäudes. In der Mitte verlief ein langer Flur, von dem links und rechts die einzelnen „Stuben" abgingen. Bis zum Umzug wohnten wir mit Oma Selma und Opa Bruno in der kleinen Baracke, Tanten und Onkel waren mit weiteren Vertriebenen in der großen Baracke untergebracht.

Meine Mutter und Gerd vor der großen Baracke auf dem Kuckucksberg Ende der 50er   *Abb.002*

Peter und Ingrid während der Evakuierung 1944/45   *Abb. 003*

Meine Eltern waren in Kiel mehrfach ausgebombt worden, so dass meine Mutter mit Ingrid und Peter zeitweise auf dem Lande bei Gotha in Thüringen untergebracht wurde. Kurz bevor die Russen dort einmarschierten, flüchtete sie mit den beiden Kindern nach Kiel und fand auf dem Kuckucksberg eine Bleibe. Gleichzeitig versuchte mein Vater, der zuletzt Soldat in Hamburg war, seine Familie in Thüringen aufzufinden. Dort aber kam er in russische Gefangenschaft, ohne vorher mit seiner Familie Kontakt aufnehmen zu können. Ihm gelang allerdings schnell die Flucht aus dem noch nicht sicher befestigten Gefangenenlager. Zu Fuß, mit gestohlenem Fahrrad und durch den Mittellandkanal schwimmend, schlug er sich bis nach Kiel durch, wobei gestohlene rohe Eier oft die einzige Nahrung waren. In Kiel fand er dann seine Familie auf dem Kuckucksberg wieder. Zudem traf er dort die durch „Familienzusammenführung" untergebrachten Oma Selma, Opa Bruno und seine Schwester Erna mit Tochter und Schwägerin Lotte an, die alle aus Waldenburg in Schlesien vertrieben worden waren. Sein Bruder Herbert, Lottes Ehemann und mein Patenonkel, war noch in Stalingrad und kam erst spät nach Kriegsende auf Irrwegen wieder nach Westdeutschland. Er blieb allerdings in Bergen-Enkheim bei Frankfurt am Main bei der Kriegerwitwe Greta und ihrer Tochter Hannelore.

Auf dem Kuckucksberg war das Leben einfach, aber man konnte mit Fantasie dort überleben. Vater rodete abseits der Baracken ein kleines Waldstück, was damals niemanden interessierte, und legte einen Garten an.

Dort baute er neben benötigtem Gemüse auch Tabak zur Selbstversorgung an. Keiner wusste, wie er an das Saatgut oder die Pflanzen gekommen war. In einem Schuppen an der Baracke neben dem „Herzhäuschen" wurden Hühner, Enten, Gänse und zeitweise auch

Das Gelände vom Kuckucksberg, Anfang der 1960er Jahre   *Abb. 004*

mal ein Schwein gehalten, wenn man an ein Ferkel kam. Das Umfeld am Kuckucksberg bot teilweise auch das Futter. Gras, Kräuter, Laub, Eicheln, Kastanien, Bucheckern, Maikäfer und alles, was im Wald sonst noch zu finden war, wurde an die Tiere verfüttert. Pilze, Beeren und Kräuter dienten den Bewohnern dort auch als Zukost.

Im Mai wurden die damals noch in Massen als Plage auftretenden Maikäfer von den Eschen, Erlen und Birken geschüttelt, mit heißem Wasser überbrüht, zum Trocknen auf Planen in die Sonne gelegt und danach als Knusperzugabe an das Schwein und das Federvieh verfüttert.

Ein Bombentrichter am ehemaligen Flakgeschütz, unweit von der kleinen Baracke entfernt, hatte sich nach und nach mit Regenwasser zu einem ca. 100 qm großen Teich entwickelt, der Enten und Gänsen und auch den Kindern Gelegenheit zum „Baden" bot. Bootfahren in der Zink-Badewanne war auch angesagt. Gelegentlich störten Kontrollen durch die Polizei wegen Verdacht auf Schwarzschlachtung oder Schwarzbrennerei die Ruhe und Harmonie auf dem Kuckucksberg. Der Verdacht war berechtigt, man durfte sich nur nicht erwischen lassen!

Zwischen 1946 und 1947 (also vor meiner Geburt) schaffte mein Vater ganz unspektakulär einen Schäferhund an. Meine Mutter hatte Vater mit einem damals nicht unerheblichen Bargeldbetrag (in Reichsmark) nach Kiel auf den Wochenmarkt geschickt, um Gössel zu kaufen, so nannte sie Enten- und Gänseküken. Nach Hause kam er mit Greif, einem Schäferhundwelpen.

Als das Donnerwetter vorbei war, ließ sich meine Mutter dann aber davon überzeugen, dass Greif eine gute Investition war. Er war nicht nur ein guter Wachhund, er war auch besonders klug. Nachdem er erst mit seinem Spiel- und Jagdtrieb für einige Suppenhühner „gesorgt" hatte, wurde er ein gut erzogener Hund. Während meines Mittagschlafes im Kinderwagen vor der Barackentür lag er vor dem Wagen auf dem Boden und bewachte mich. Jeder, der sich dem Wagen näherte, wurde angeknurrt.

Die Kräne der GERMANIA-Werft in den 1920ern, später Arbeitsort meines Vaters Abb. 005

Vater hatte wieder Arbeit auf der GERMANIA-Werft an der Hörn in Kiel-Gaarden, und pünktlich kurz vor Feierabend verließ Greif den Kuckucksberg und lief einige Kilometer zum Werfttor, um sein Herrchen dort abzuholen und nach Hause zu begleiten. Gelegentlich holte er auch ohne ersichtlichen Grund Ingrid von der Fröbelschule in Gaarden ab. Ich selbst kann mich an die Zeit von 1948 bis 1951 nur schemenhaft erinnern. Viele Gespräche im Elternhaus oder bei Oma Selma und Opa Bruno, die noch bis Anfang der 1960er Jahre auf dem Kuckucksberg wohnten, haben mir das alles in Erinnerung gebracht.

Da ich aber auch noch in den 1950er Jahren viel Zeit auf dem Kuckucksberg bei Oma, Opa, Tanten und Onkel verbrachte, konnte ich feststellen, dass sich Vieles aus meiner Kleinkindzeit später dort auch nicht verändert

Trümmer im Schülperbaum/Ecke Prüne, Okt. 1949. Hinten unser Zuhause in der Prüne 12 Abb. 006

hatte. Insofern scheinen die Erinnerungen authentisch zu sein. Ziemlich deutlich sind allerdings die Erinnerungen an den Umzug nach Kiel in die Prüne 12 und die Zeit danach bis zum Beginn der 1960er Jahre, als wir in die Damperhofstraße 17 zogen.

Frühsommer 1951/Umzug nach Kiel in die Prüne 12: Der LKW, ein Planwagen, rumpelt vom Kuckucksberg über die unbefestigte Segeberger Landstraße in Richtung Kiel. Die wenigen Möbel und Habseligkeiten finden auf der Ladefläche gut Platz. Auch mein Vater, Ingrid und Peter sitzen auf der Ladefläche, Mutter und ich genießen das Privileg, neben dem Fahrer zu sitzen. Es geht durch Gaarden an der Fröbelschule vorbei, die Ingrid und Peter bisher besucht hatten.

Schülperbaum/Ecke Prüne nach dem Wiederaufbau (hinten li. „unsere" Prüne 12) Abb.007

Die Bahnhofstraße hinunter, am Schlachthof und den Bahngleisen an der Hörn vorbei, abbiegend zum Sophienblatt, am Thaulow-Museum und dem „Alten Landeskeller" vorbei, über Ziegelteich und Walkerdamm, den Schülperbaum kreuzend, in die Prüne 12. Im 3. Stockwerk befindet sich unsere neue Wohnung:

49 qm, zwei Zimmer, Küche mit kleinem Balkon zum Hof. Höhepunkte sind ein WC in der Wohnung, ein Bollerofen im Wohnzimmer, ein Küchenherd mit Backröhre und ein Spülstein mit fließendem Wasser in der Küche! Strom gab es auf dem Kuckucksberg allerdings auch schon, weil die Flakstellung bereits darauf angewiesen war. Aber sonst wurde das Trinkwasser in Kanistern gelagert, und für alle anderen Zwecke wurde Regenwasser genutzt.

Wo waren wir also hingeraten? Zwei Zimmer, Küche und WC! Die Zimmer waren klein und gingen wie die Küche und das WC vom

Ute (v.) und ich (re.) haben schnell Anschluss gefunden   Abb. 008

Flur ab. Im Wohnzimmer schliefen die Eltern, später auf der „Ritze" zwischen ihnen meine jüngere Schwester Ute. Im Kinderzimmer schliefen in je zwei Etagenbetten Ingrid, Peter und ich und später mein jüngerer Bruder Gerd. Jeder Raum hatte zwei Stiegenfenster nach Südwesten hin mit zwei Flügeln und Einfachverglasung. Im Wohnzimmer gab es noch ein schmales Einflügelfenster am Gebäudevorsprung nach Südosten hin, das noch einmal für Ute eine Rolle spielen sollte.

Die große Wohnküche war unser Lebensmittelpunkt. Als ich auf die große Eckbank stieg und aus dem Fenster schaute, sah ich gegenüber keine Gebäude.

Auf der anderen Seite der kopfsteingepflasterten Straße erblickte ich den riesigen Trümmerhaufen des zerbombten Teils der EICHE-Brauerei, der bis zur Höhe unserer Wohnung im 3. Stockwerk reichte. Wir Kinder ergründeten unser Umfeld recht schnell. Unser Haus war wie fast alle neuen Häuser rundherum nach dem sogenannten Barackenräumprogramm über den Marshallplan und die Kreditanstalt für Wiederaufbau neu errichtet worden. Nur das Eckgebäude Prüne 14/Sandkuhle war von den Bomben verschont geblieben. Daneben in der Sandkuhle gab es noch eine stark zerstörte Töpferei, deren zurückliegendes 1 1/2-geschossiges Hofgebäude stehengeblieben war.

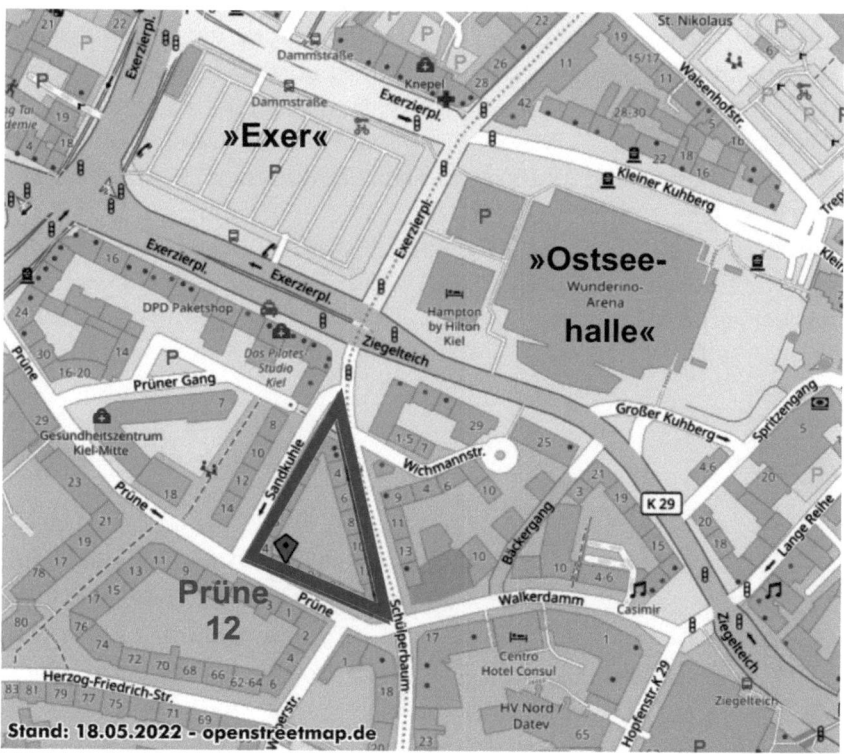

Die zentrale Lage von Prüne 12 in meinem geliebten „Bermudadreieck", 2022

Abb. 009

Alle Gebäude zwischen Schülperbaum, die Prüne entlang bis zur Sandkuhle, die Sandkuhle entlang bis zur Ecke Schülperbaum und den Schülperbaum entlang bis zur Ecke Prüne bildeten unser „Bermudadreieck". Die Häuser grenzten einen großen dreieckigen Innenhof ein, der nur vom Trümmergrundstück Prüne 8 unterbrochen war, welches erst viel später bebaut wurde. Zu den Gebäuden gab es auf Kellergeschosshöhe liegende einzelne Hofflächen, die für die direkten Anwohner mit je zwei Teppichstangen und Pfählen für Wäscheleinen versehen waren. Über kleine Steintreppen erreichten wir ein in der Mitte des Gesamthofes liegendes Plateau, das von allen tiefer liegenden Einzelflächen erreichbar war. In der Mitte befand sich eine Rasenfläche, die mit einem Betretungsverbot belegt und mit einem Stolperdraht eingefasst war. Am Rande dieses Dreieckplateaus waren im Süden und Norden zwei große Sandkisten vorhanden, und für die jeweiligen Häuser gab es drei Aschkastenecken für die Aschebehälter aus Metall. Die Fläche verfügte zudem über mehrere eisenberingte Hauklötze, die zum Zerkleinern des Feuerholzes dienten. Das Ganze war ein abgeschlossener Innenhof, der nur durch die Hausflure und eine große, verschlossene Torurchfahrt in der Sandkuhle zugänglich war. Diese Durchfahrt konnten Handwerker und Müllwerker nutzen. Das Trümmergrundstück Prüne 8 war eingezäunt, so dass dort auch kein Zugang zum Innenhof möglich war. Es war also unser El Dorado. Hier spielte sich vorwiegend das Leben dutzender Kinder ab. Kinder gab es viele, und das Spielen fand fast ausschließlich draußen statt.

Blick auf die Prüne am Ende des Krieges. Trümmer soweit das Auge reicht   *Abb. 010*

Aber nicht nur der Innenhof war Spielwiese, auch draußen vor den Häusern gab es ein erweitertes Dreieck mit viel Trümmergelände und zerbombten Ruinen. Die Straßenzüge Herzog-Friedrich-Straße hinter der EICHE-Brauerei, Kirchhofallee,

Exerzierplatz 4 im Jahre 1978: Gebäude der Firma KNUTZEN vor dem Abriss (re. Ostseehalle) Abb. 011

Schaßstraße, Ringstraße, Adelheidstraße, Exerzierplatz (Schützenwall gab es noch nicht), Bäckergang, Großer Kuhberg, Ziegelteich, Walkerdamm und Königsweg waren unser Revier.

An zwei Tagen in der Woche fand ein Wochenmarkt auf dem „Exer" statt. Dort gab es interessante Geschäfte im Umfeld. In der Prüne Ecke Sandkuhle im Altbau gab es eine Heißmangel und Ecke Schülperbaum einen Pferdeschlachter und eine Fahrschule. Auf der Ostseite des Schülperbaumes befanden sich ab Walkerdamm eine Drogerie, ein Uhrmacher (Frier), Erna Puck mit dem Milchgeschäft, Schlachter Wohlfeld, Elektroladen Jansen und die Eisdiele Chiesa. Der Inhaber, ein Italiener, lebte mit Frau und zwei Töchtern schon einige Jahre in Kiel.

Auf der anderen Straßenseite zog der Lederwarenhändler Gallinat unsere Aufmerksamkeit auf sich, da er immer große Pappkartons im Treppenhaus stehen hatte. Die Pappen spielten bei uns Kindern eine große Rolle. Auch der Süßwarenhändler Schmidt mit Toto und Lotto war für uns interessant. Er hatte die ersten Automaten an der Außenwand seines Geschäfts. Zum Exer hin gab es noch einen Laden für Malerbedarf und die Kaffeerösterei „Fips Kaffee". Ein Jagdwaffengeschäft und die Schreibwarenhandlung an der Ecke Exer rundeten das Angebot ab.

Etablissement PARADISO in der Herzog-Friedrich-Straße Ende der 1950er Jahre   *Abb. 012*

An der Südseite des Exers befanden sich noch der „Angler Gasthof" (Kneipe für die Marktbeschicker) und der Feinkostladen Rehder. Am Exer direkt vor der Ostseehalle war ein einzelnes, mehrgeschossiges Gebäude von den Fliegerbomben verschont geblieben. Dort betrieb die Firma Knutzen mit Futtermitteln, Saatgut, Gartenbedarf und Kleintieren ein Geschäft. Jahre später zog die Firma in die Prüne/Prüner Gang/Adelheidstraße um. Bevor das Gebäude später abgerissen wurde, konnte ein Junge, wie er später einmal erzählte, aus der Wohnung im oberen Stockwerk durch die Fenster der Ostseehalle (damals ehemalige Flugzeughalle) die ersten Hallenhandballspiele des THW Kiel beobachten. Nach Abriss des Gebäudes an der Ostseehalle wurde die Fläche als Parkplatz genutzt.

Für Tanzvergnügen meiner Schwester Ingrid bot der SCHIFFERER AUSSCHANK im Walkerdamm die entsprechende Abwechslung. An der Ecke Walkerdamm/Schüperbaum befand sich neben zerbombten Ladengebäuden eine Tankstelle. Die eingeschossigen Gebäude endeten vor der Herzog- Friedrich-Straße. Dort an der Ecke war ein Grundstück eingezäunt, auf dem sich ein Behelfsheim mit Garten befand. Schräg gegenüber in Richtung Weberstraße gab es noch das bis zum Obergeschoss stehen gebliebene ehemalige "Hotel Herzog Friedrich", das dann als Gaststätte PARADISO mit zweifelhaftem Ruf betrieben und später auch abgerissen wurde

All dies und Vieles mehr bescherte uns
eine interessante Kindheit in den 1950er Jahren.

SOMMER
in den 50ern

Auch während der Kriegsjahre gab es Liebe: Meine Eltern Lisbeth und Werner Anfang der 1940er Jahre

Abb. 013

Das Jahr begann für mich immer mit den Sommern. Frühjahr gab es gar nicht richtig. Die Sommer in den 1950ern haben sich nachhaltig eingeprägt. Das Wetter war immer gut, oder? Ich ging raus in den Hof oder auf die Straße und traf dort Reinhard und Brigitte, Benno und Sabine und die anderen Kinder aus dem Bermudadreieck. „Wollen wir Pottversteck spielen?" „Nee, erst kicken wir mit der Blechdose, bis sie zerbeult ist, dann können wir sie immer noch als Anschlagmal beim Pottverstecken nehmen", antwortete jemand aus der Kinderschar. „Wir gehen dann aber zum Kicken in den Hof, da haben wir die beiden Teppichstangen als Tore", wurde vorgeschlagen. „Aber der alte Kurt wird uns wegjagen", entgegnete ich.

Auch mit Brigitte und Reinhard aus der Nachbarschaft gab es viel Spaß   *Abb.014*

Der Hausmeister Kurt wohnte im Erdgeschoss unseres Hauses und machte ständig Jagd auf uns Kinder. Die Gebauers hatte er besonders auf dem Kieker. Ständig beschwerte er sich bei unseren Eltern über dies und das. Die Wahrscheinlichkeit, dass ein Gebauer-Kind etwas ausgefressen oder beschädigt hatte, war ja auch groß: Mitte der 1950er Jahre waren wir schließlich 5 Kinder, die für Ärger sorgen konnten. Unser Vater hatte im Keller immer einen Vorrat an genormten Fensterscheiben für die in allen Gebäuden baugleichen Stiegenfenster und Hoftüren, dazu Stahlstifte und Fensterkitt.

„Ihr Sohn hat mit dem Ball die Scheibe der Hoftür zerschossen", klagte Kurt, als Vater von der Werft nach Hause kam. „Ich komme gleich", antwortete Vater, ging in den Keller und holte Werkzeug und eine neue Scheibe.

Danach „reparierte" er aber auch noch den Allerwertesten von Bruder Gerd, der das Prozedere schon kannte. Gerd hatte immer etwas ausgefressen und den Schalk im Nacken. Er schaffte es sogar einmal, an einem Tag zwei Scheiben zu zerdeppern, was Hintern versohlen und Stubenarrest nach sich zog. Verärgert über Kurt und die ihm widerfahrene Ungerechtigkeit rächte er sich an ihm, indem er seine bleibeschwerte Heringsangel aus dem Fenster des 3. Stockwerkes bis zu dessen Parterrefenstern herabließ. Die Sehne mit dem Blei schwenkte er von der Wand weg und ließ sie zur Fensterscheibe zurückpendeln...Wenig später klingelte es wieder bei Gebauer: Gerd hätte erneut eine Scheibe zerbrochen! Meine Eltern konnten das aber nicht bestätigen. „Gerd hat Stubenarrest, er kann es nicht gewesen sein", sagte Vater. „Er hat die Wohnung nicht verlassen", bestätigte meine Mutter. Kurt hat wohl noch lange, lange gerätselt.

Apropos Angel: „Wir gehen heute Heringe pilken", sagte ich zu Mutter. Heringszeit ist ja je nach Wassertemperatur das Frühjahr, also mein Sommer, und das bedeutete für uns kurze Hosen und (meist neue) Sandalen. Gerd und ich zogen also mit zwei Handangeln los an die Förde. Leider hatte mein Bruder wieder einmal einen Taschenkrebs und keinen Fisch an der Angel. „Verdammter Kratscher" rief Gerd und kickte den Krebs mit Schmackes von der Kaikante mit dem Fuß zurück in die Förde. Dabei erlitt die rechte Sandale aber das gleiche Schicksal und schwappte weg vom Ufer, bis sie langsam auf den Grund der Förde sank. So kam Gerd statt mit Fischen mit nur einer Sandale nach Hause. Hintern versohlen war nach Berichterstattung zu Hause wieder angesagt, obwohl ich in den Augen meines Vaters bei der Standpredigt auch ein Schmunzeln erkennen konnte. Die Sonderausgabe für neue Sandalen bedeutete aber für die Familienkasse eine erhebliche Belastung.

Sommer war es auch dann, wenn wir die Murmeln oder „Picker", wie die kleinen bunten Tonkugeln genannt wurden, hervorholten.

Mit der Schuhhacke wurde eine Kuhle in die Sandoberfläche gedreht und das Gelände um das entstandene Loch etwas geebnet.
Aus einigen Metern Entfernung musste versucht werden, die Picker in das Loch zu werfen. Wer es traf oder am dichtesten dran
war, durfte mit gekrümmtem Zeigefinger die Picker anstoßen, um
sie ins Loch rollen zu lassen. Man konnte mit anderen Kugeln
weitermachen, bis das Loch verfehlt wurde, dann kam der nächste
Spieler an die Reihe. Wer es schaffte, die letzte Kugel ins Loch zu
befördern, durfte den „Pott" (alle im Loch befindlichen Kugeln)
behalten.

Die Picker gab es bei CH-Seifen oder Kloppenburg ab Frühjahr zu
kaufen. Besonders begehrt waren die teuren Glaspicker. Es wurden
aber nur Glaspicker gegen Glaspicker gespielt, oder man konnte eine
Glaspicker gegen zehn Tonpicker tauschen. Hier kam die „kriminelle
Energie" bzw. der Geschäftssinn der Gebauer-Kinder ins Spiel. Mein älterer Bruder Peter suchte auf den Trümmergelän-
den Lehm oder Tonsand, feuchte-
te das Material an, drehte pickergroße Kugeln, ließ sie in der Sonne trocknen und legte sie auf ein Blech im Backofen. Nach dem Brennen wurden sie mit Tu-
schefarben ange-
malt und mit einem

Die Rasselbande vom Bermudadreieck in den
1950er Jahren   *Abb. 015*

Öllappen zum
Glänzen gebracht.

Wenn diese Picker aber nach mehrmaligem Gebrauch feucht wurden und zerbrachen, gab es von den Gewinnern dieser Kugeln Haue! Die Freizeitbeschäftigung der Kinder erstreckte sich im Sommer auch auf das erweiterte Bermudadreieck. Es wurde Räuber und Gendarm, Indianer (Indsker) und Cowboy und Ritter in den Straßenzügen um die Prüne gespielt. Dabei waren die Straßenbanden der Herzog-Friedrich-Straße, des Ziegelteichs/Großer Kuhberg oder auch der Sandkuhle oft unsere „Feinde".

„Was hast du da am Mund? Deine Lippe blutet ja!", rief meine Mutter erschrocken. „Gerhard Hauptmann (er hieß wirklich so, er war der Sohn des Fahrers des damaligen Oberbürgermeisters) hat mir mit dem Holzschwert die Lippe gespalten", erwiderte ich weinerlich. Mutter versorgte die Blessur sofort selbst, wir mussten also nicht in „Gebauers Privatklinik", das Elisabeth-Krankenhaus im Königsweg. Dort waren wir bereits Stammgäste mit Platzwunden und Risswunden, die genäht werden mussten, mit Gehirnerschütterungen und in der Kniekehle steckenden Angelhaken. Mein Bruder Gerd hätte dort eigentlich ein ständiges Privatbett haben sollen, oft mussten ihn meine Eltern oder die älteren Geschwister auf den Armen dorthin tragen. Gerd nahm häufig einen Laternenpfahl mit oder fiel im Treppenhaus beim Geländer-Rutschen in den Treppenschacht und landete auf einer Treppenstufe im darunter liegenden Geschoss.

Höhepunkte waren natürlich die Ferientage. Dann durften wir immer lange draußen bleiben, was an warmen Sommertagen am meisten Spaß machte. Abends sahen wir immer aus wie die Dreckspatzen. Wir wurden aber nur feucht abgewaschen, denn gebadet wurde nur einmal in der Woche am Samstag. Dieser Brauch wurde nur unterbrochen, wenn meine Mutter einmal im Monat Waschtag hatte. Dann konnte sie die Wäscheleinen im Hof oder auf dem Trockenboden unter dem Dach nutzen, und uns stand die Waschküche mit Badewanne und beheizbarem Kochwäschebottich zur Verfügung.

Unter dem runden Kochbottich befand sich ein Feuerraum bzw. Ofen, der mit eigenem Holz und Kohlen befeuert wurde und das Wasser darüber erwärmte. Wir Kinder wurden aber nicht gekocht, sondern das heiße Wasser wurde vom Bottich in die Badewanne geschöpft und mit Kaltwasser auf Badetemperatur gemischt, damit wir in der großen Badewanne richtig baden konnten. Das Baden war allerdings ein Nebeneffekt, denn vorher wurde natürlich die Wäsche gekocht!

Waschtage waren sehr anstrengende Tage für meine Mutter bzw. die ganze Familie, auch wir Kinder waren da eingebunden. Die Schmutzwäsche musste nach Koch- und Buntwäsche sortiert und in den Waschkeller geschleppt werden. Da kam bei sieben Personen ein großer Haufen zusammen! Dann wurde das Feuerungsmaterial geholt, und das Waschen konnte beginnen: einweichen, kochen, spülen und wringen! Anschließend mussten die Körbe mit der nassen Wäsche auf den Hof geschleppt werden. An den Leinen, die zwischen den Pfählen gespannt waren, wurde die Wäsche mit Holzklammern befestigt. Nach dem Trocknen wurde die Wäsche wieder abgenommen, zusammengelegt, in die Wohnung im 3. Stock getragen, gebügelt und in die Schränke gelegt. Bei Regenwetter war es noch anstrengender: die schweren Wäschekörbe mussten auf den Trockenboden über dem 4. Stockwerk geschleppt werden. Fahrstuhl Fehlanzeige! Dieses Prozedere war in den Herbst- und Wintermonaten fast immer der Fall. Die schwere Arbeit an den Waschtagen traf meine Mutter immer besonders schwer, wenn sie ausgerechnet dann ihre monatlichen Migräneanfälle hatte, die sie sonst nur im Bett im abgedunkelten Zimmer ertragen konnte.

Der reguläre Familienbadetag fand immer am Samstag in unserer Wohnküche statt. Samstags im Sommer war immer eine besondere Stimmung in der Prüne und in der Familie. Es war Wochenende und gegen Abend läuteten die Kirchenglocken. Auch die Väter hatten Feierabend, da samstags auf der Werft nur bis mittags gearbeitet wurde.

Der Wochenlohn war in der Lohntüte, und Mutter konnte für sonntags ab und zu ein Huhn oder einen Braten kaufen. „Geh mal zu Erna Puck und hole uns für Sonntagmorgen ein Viertelpfund gute Butter", beauftragte mich meine Mutter. „Du kannst auch beim Schlachter noch fragen, ob sie Wurstabfall für 10 Pfennig für dich haben". „Peter, du gehst zum Bäcker in der Von-der-Tann-Straße und fragst nach 10 - 15 Brötchen von gestern, die backen wir am Sonntag auf." Für Frau Puck, unsere Milchfrau im Schülperbaum, trug ich schon morgens vor der Schule Brötchen und Fla-

SCHIFFERER AUSSCHANK 1955   *Abb. 016*

schenmilch für die Beschäftigten von Gewerbebetrieben im Stadtteil aus. Sie schnitt für uns ein Halbpfundpaket Butter in zwei Teile und verkaufte uns dann ein Viertelpfund für das Sonntagsfrühstück. Bei der Schlachterfrau bekam ich „ob meiner treuen braunen Augen und meines lieblichen Wesens", wie sie immer sagte, ein in rotbraunes Papier gewickeltes Paket Wurstabfall. Der Inhalt bestand oft aus mehreren „verkrüppelten" oder geplatzten Wiener Würstchen, Wurstzipfeln von Mett- und Blutwurst und „verunglückten" Aufschnittscheiben. Das brachte besonders sonntags mal Abwechslung auf den Tisch. Die alten Brötchen wurden angefeuchtet und dann in der Backröhre des Kohleherdes aufgebacken.

Baden in der Wohnküche begann für uns kleinere Kinder samstags am frühen Abend mit dem Ruf meiner Mutter vom kleinen Balkon zum Hof: *„Raufkommen, baden!* Ute, du zuerst. Gerd, du kommst auch gleich, ich rufe dich dann. Jürgen, du kannst später baden!" Ich war etwas später dran, weil das Badewasser vorher noch ausgetauscht werden musste. Baden in der ca. 10 qm großen Wohnküche bedeutete, dass auf dem grau-schwarz-gesprenkelten Terrazzoboden eine überdimensionale flache Zinkbadewanne in der Form einer "Hering-in-Tomatensauce-Blechbüchse" vor dem Kohleherd mit Backröhre stand. Daneben befand sich der Spülstein mit Kaltwasserhahn. Unter den beiden Stiegenfenstern zur Straße stand an der Wand zum Kinderschlafzimmer eine Eckbank mit Kü-

chentisch und Stühlen und daneben an der Wand bis zur Küchentür das Küchenbuffet. Eine Speisekammer für die Sauerkraut- und Gewürzgurkentöpfe und sonstige nicht so schnell verderbliche Lebensmittel schloss sich zwischen Küchen- und Balkontür an. Einen Kühlschrank gab es nicht. Die Zinkwanne wurde bereits am späten Nachmittag befüllt, damit unsere großen Geschwister zuerst baden konnten. Wasserwechsel zwischendurch fand je nach Verschmutzungsgrad statt, der im Sommer natürlich wesentlich früher erreicht war! Wir Kleinen sahen dann oft aus wie die Staubteufel.

Mutter beim Kinder-Baden, ca. 1944 Abb. 017

Ingrid hatte als Älteste das Vorrecht, als Erste zu baden. Sie bereitete sich dann auf einen Tanzabend im SCHIFFERER AUSSCHANK im Walkerdamm vor. Mit Petticoat unterm Rock und „aufgestylt" eilten die jungen Mädchen dann am frühen Abend zum Tanzen. Unser Vater sagte immer „Tanzen zu Negermusik" (so wurde es damals genannt), was aber nicht immer stimmte. Bill Haley & His Comets mit Rock`n Roll, Benny Goodman mit Jazz, Glenn Miller mit Swing und andere Musiker waren auch angesagt. Während der Kieler Woche, wenn ausländische Marineschiffe in Kiel zu Besuch waren, warnte Vater die Mädels eindringlich vor den Marinesoldaten, die nach netten Mädchen Ausschau hielten. Vater musste das ja wissen, schließlich war er selbst Mariner gewesen ...

Peter stieg meistens nach Ingrid in die Wanne. Während dessen hantierte Mutter an Herd und Backofen. Entweder buk sie einen Sonntagskuchen, oder in einem Topf mit Schmalz wurden mit Marmelade gefüllte Berliner ausgebacken. Diesen Topf hatte Vater selbst hergestellt. Damit der abgerundete Boden genau auf die Feuerstelle passte, mussten zwei Herdplattenringe entfernt werden. Der Duft zog aus der Küche bis ins Treppenhaus, wenn ich dann zum Baden die Stufen hinauf stieg. Zum Abendessen gab es dann auch ab und zu "Titscher" mit Apfelmus, so nannten die Eltern die nach Spezialrezept hergestellten Kartoffelpfannkuchen.

Jahre später wurde dieses Ritual noch um einen gemeinsamen Fernsehabend erweitert. Nach dem Abendessen durften die Kinder dann im Wohnzimmer die abendliche Unterhaltungssendung im Ersten (und einzigen) Fernsehprogramm sehen: z.B. „1:1 für Sie" mit Peter Frankenfeld oder „Wer gegen wen?" und „Die glücklichen Vier" mit Hans-Joachim Kulenkampff.

Im Sommer ging es sonntags nach dem gemeinsamen Frühstück fast immer bis zum Nachmittag in den Schrebergarten am Kilia-Sportplatz. Der Garten lag am Kolonnenweg in einer Ecke direkt am Bahndamm. Der Kolonnenweg führte dort über die Bahnschienen nach Kiel-Hassee. Am Bahnübergang befand sich damals das LKW-Verkaufsgelände von Mercedes-Benz.

Nicht nur Blumen brachte Vater aus dem Garten mit nach Hause. Gemüse und Obst trugen erheblich zur Grundversorgung der Mitte der 1950er Jahre siebenköpfigen Familie bei. Ich hatte dann auch schon ein eigenes Beet und züchtete ganz stolz Gladiolen aus den kleinen Saatzwiebeln, die sich immer an der Mutterzwiebel bildeten.

Strom und fließend Wasser gab es in den Gärten nicht. Vater hatte einen mehrere Meter tiefen Brunnenschacht gegraben, in dem sich das Grundwasser sammelte. Der Schacht war mit Bohlen abgestützt und oben mit einer Haube abgedeckt, damit niemand hinein fallen konnte, auch keine Tiere. In der trockenen Zeit gab es aber kein Grundwasser. Dann musste man (auch wir Kinder) das Gießwasser aus einem 150 Meter entfernten Bombentrichterteich mit Eimern heranschleppen. Die Regentonnen wurden dann rechtzeitig aufgefüllt, damit hauptsächlich die Erdbeeren gewässert werden konnten. Rechtzeitige Wasserbeschaffung bedeutete: Schöpfen, bevor die Gartennachbarn das Wasser abgeschöpft hatten! Für mich war der Garten aber im ganzen Jahr auch eine Einnahmequelle. Vater benötigte zum Düngen Pferdeäpfel und bezahlte mir für jeden Eimer einen Groschen (10 Pfennige). Im Herbst kam dann noch eine andere Einnahmequelle hinzu, dazu später mehr.

Über das Kopfsteinpflaster der Prüne rumpelten Pferdefuhrwerke der EICHE-Brauerei, der Spedition Holdmann, des Sanitärhandels Andreas Paulsen, der Brotfabriken Steffen, Lembke und Flügge und anderer Firmen. Ich sprang dann sofort von meinen Hausaufgaben am Küchentisch auf und schaute aus dem Küchenfenster. Ja, da hatte ein Pferd „geäppelt"! Ich flitzte die Treppen hinunter in unseren Keller und holte Eimer und Schaufel. Ich musste schnell sein, denn es gab noch mehr „Äppelgeier" wie z.B. die riesigen Spatzenschwärme, die sich auf den Äppeln niederließen. Die Ausbeute wurde aber mit den Jahren immer weniger. Die Betriebe in unserer Umgebung stellten nach und nach auf LKW um oder siedelten sich in Gewerbegebiete am Stadtrand an.

Die Brotfirmen belieferten auch die Kaufleute in unserer Gegend, anfangs noch mit Pferdewagen oder dreirädrigen Kleintransportern. Das waren Kastenwagen der Marken „Goliath-Triumph" oder „Tempo", die hinten am Kastenaufbau meist zwei Flügeltüren hatten. Otto Rohardt, unser Kaufmann gegenüber, wurde gerade beliefert, wir Kinder spielten Hinker oder liefen Rollschuh. Der Kastenwagen fuhr an – Kopfsteinpflaster – ansteigende Straße – Türen nicht richtig verschlossen! Ich sammelte ein, was ich an Broten tragen konnte und überraschte Mutter mit einer Sonderration, die ihr wöchentliches Kostgeld etwas streckte. Eine gewisse kriminelle Energie war damals von Nöten, wir wollten schließlich überleben! Zum Überleben trugen auch noch andere unserer Aktivitäten bei.

Meine Freunde und ich verdienten uns kleine Pfennigbeträge u.a. auch mit Sammeln von Schrott auf den Trümmergrundstücken sowie Blechdosen, Pappe und Papier aus den Mülltonnen. Damals konnte man zwischen den Trümmern und unter den Mauerresten noch einiges an Altmetall, Nägeln und Schrauben finden. Das Grundstück der EICHE-Brauerei war besonders interessant. Als noch die EICHE-Keller vorhanden waren, konnte dort auch Kupfer und Messing erbeutet werden. Allerdings war es uns streng verboten, durch Schlupflöcher in den Trümmern in die Keller zu klettern. Die Gefahr, verschüttet zu werden, war zu groß, das konnten wir aber nicht abschätzen. Die kleinen, schmalen Kinder konnten für die Großen schon hilfreich sein, aber zum Glück ist uns nichts passiert.

Spielen auf der Straße, damals gang und gäbe   *Abb. 018*

Als kleiner Junge hing ich tagsüber fast immer meiner großen Schwester Ingrid am Rockzipfel. Sie war von Mutter verpflichtet worden, draußen auf mich aufzupassen. Das gefiel ihr aber nicht immer. Sie war ja acht Jahre älter und hatte schon andere Interessen. Ihre Freundinnen und Freunde wollten mich dann ab und zu loswerden. Einmal besorgten sie einen großen Pappkarton von Gallinat aus dem Treppenhaus, steckten mich hinein und verschlossen die Deckel oben über Kreuz, so dass ich den Karton nicht mehr von allein öffnen konnte. Sie erklärten mir, dass sie nur etwas mit mir ausprobieren wollten. Sie stellten mich vor die Wohnungstür von "Mutter Lass", klingelten und hauten ab. Die alte Dame öffnete und fand mich heulend im Karton. Zum Trost wurde ich dann von ihr gut bewirtet und durfte danach immer einmal wieder bei ihr klingeln. Sie freute sich dann über den Besuch, denn sie war allein. Der Mann war im Krieg geblieben und Kinder hatte sie nicht.

Direkt gegenüber von Prüne 12 muss die Schmiede der Brauerei gewesen sein. Dort konnte man immer wieder geschmolzenes Metall, Hufnägel und alte Hufeisen ausgraben. Die beiden Altwarenhändler im Walkerdamm und in der Herzog-Friedrich-Straße wurden von uns auch mit Pappkartons und alten Zeitungen beliefert, die wir bei Lederwaren-Gallinat aus dem Treppenhaus „organisiert" hatten. Nachdem immer mehr Zeitschriften wie „HÖRZU" und „STERN" auf den Markt kamen, wurde der Papierverkauf lukrativer. Die Zeitschriften waren dick und wogen erheblich mehr als die Tageszeitungen, und bezahlt wurde nach Gewicht! Auch der Weißblechverkauf nahm zu. Meine Freunde und ich durchsuchten täglich die Aschkästen, denn sie wurden zunehmend nicht nur mit Asche, sondern auch mit leeren Konservendosen befüllt. Besonders interessant waren für mich die Kondensmilchdosen. „LIBBY'S" z. B. war häufig in den CARE-Paketen, die aus den USA geschickt wurden, und „BÄRENMARKE" und „GLÜCKSKLEE" waren schon damals gängige Marken.

Diese Dosen hatten in der Regel im Deckel zwei kleine Löcher zum Ausgießen der Milch. In diese Löcher füllten wir ein wenig „Zuckersand". Der feine, trockene Sand aus der Sandkiste rieselte besonders gut in die Dosen. Allerdings durfte es nicht zu viel sein, denn das konnte dem Schrotthändler auffallen! Er wusste, dass wir jede Gelegenheit nutzten, um ihn übers Ohr zu hauen ... Nachdem er einmal die zusammengedrückten Dosen zur Kontrolle auf den Kopf gedreht und geschüttelt hatte und dabei etwas Sand heraus-rieselte, mussten wir unser Verfahren verfeinern. Sand rein, Was-ser hinterher! Wenn der Sand durchfeuchtet war, stauchten wir die Dosen zusammen und drehten sie solange um, bis kein Wasser mehr aus den Löchern kam. Der Schrotthändler hatte nichts mehr zu beanstanden, und wir holten ein paar Pfennige mehr Erlös heraus. Jeder Pfennig zählte! Denn bald begann der Sommerjahr-markt auf dem Wilhelmplatz, und unser Fünfzig-Pfennig-Taschen-geld musste unbedingt aufgestockt werden, schließlich kostete ein Salmilolli schon 10 Pfennig.

Eine weitere Einnahmequelle ergab sich wieder aus „Kinderar-beit": Zusammen mit dem Enkel von Otto Rohardt gegenüber half ich gelegentlich mittwochs und samstags auf dem Wochenmarkt auf dem Exer aus. Das war natürlich nur während der Schulferien möglich, denn samstags hatten wir ja noch Unterricht. Klaus war in meinem Alter und mein Freund. Sein Opa Otto fuhr gelegent-lich über Land und kaufte dort bei den Landwirten Ware ein, die er im Ladengeschäft oder auf dem Wochenmarkt verkaufte. Gemüse, Eier, Kartoffeln und andere Erzeugnisse wurden dann mit seinem dreirädrigen GOLIATH zum Exer transportiert. Dort wurde eine Platte auf zwei Holzböcke gelegt und so ein Ver-kaufsstand aufgebaut, Kartoffelwaage und Geldkassette standen bereit. „Jungs, geht mal über den Markt und findet heraus, was die anderen heute für 1 Pfund Kartoffeln und für die Eier nehmen. Bei den Erdbeeren könnt ihr auch mal schauen", sagte Otto, und wir zogen los. Wettbewerb musste sein! Für unsere Bemühungen und Unterstützung gab es dann ja auch eine geringe Vergütung.

Meine Haupteinnahmequelle hatte ich aber ab meinem achten Lebensjahr bei Erna Puck, unserer Milchhändlerin. Ich bekam das Angebot, immer vor der Schule für ca. 30 Minuten einige Betriebe in der Gegend mit Brötchen und Milch zu beliefern. Mit zwei Körben in den Händen zog ich morgens um 7.00 Uhr zu AEG in der Herzog-Friedrich-Straße, zu KIEL-COLOR in der Weberstraße, zu XOX-Keksvertrieb in der Prüne und einigen anderen Firmen und lieferte die vorbestellten Brötchen und Milchflaschen aus.

Von dem angesparten Wochenerlös von 5,– DM konnte ich mir dann ein gebrauchtes Knaben-Fahrrad kaufen. Dadurch wurde diese Tätigkeit für mich wesentlich leichter und schneller zu erledigen. Mein Bruder Peter hatte das Fahrrad für mich beschafft und hergerichtet. Er lernte in einer Kfz-Werkstatt in der Adolfstraße Autoschlosser. In der Werkstatt konnte er nach Feierabend das Fahrrad verkehrssicher machen und mit Silberbronze anstreichen. Den Sattel hatte er direkt auf dem 24er-Rahmenrohr befestigt, weil er sonst zu hoch gewesen wäre. Ich war ja klein und hätte die Pedale sonst nicht erreicht. Das Fahrrad verhalf mir besonders in den Sommern zu weiteren Aktivitäten und Einnahmen. So konnte ich einmal in der Woche für Erna Puck eine Sondertour in die Sternstraße/Ecke Goethestraße zu einem Kürschnerbetrieb machen. Ich belieferte ihn mit verschiedenen vorbestellten Lebensmitteln und Getränken, die ich jetzt in den Satteltaschen und auf dem Gepäckträger transportieren konnte.

Mein Fahrrad war wichtige „Einnahmequelle"
(hier vor Prüne 10)   *Abb. 019*

Die Chefin des Betriebes führte mich immer an den Wohnräumen vorbei in die Küche. Dort stellte ich die Waren ab und bekam eine Limo oder heiße Schokolade und ein Stück Kuchen. Ich durfte dann auch den Gesellen in den Werkräumen beim Zuschneiden der Felle und dem Nähen der Fellkleidung zuschauen. Das Fahrrad war ein Segen. Ich bot meinen Spielkameraden an, damit ein paar Runden um das Bermudadreieck oder im Innenhof zu drehen und bekam als Gegenleistung Naturalien oder ein paar Pfennige. Umsonst ist der Tod, und auch der kostet eine Menge, war das Motto.

Am schönsten waren aber die wöchentlichen Radfahrten zu meinen Großeltern auf den Kuckucksberg. Meine Mutter kaufte immer mittwochs für Oma Selma und Opa Bruno auf dem Wochenmarkt ein. Für uns Kinder war der „Exer" immer aufregend. In der Fischreihe konnten wir lebende Fische sehen. In der Kleintierreihe wurden drollige Kaninchen, gackerndes Geflügel und natürlich flauschige Küken zum Kauf angeboten. Gegen Marktende stöberten wir durch die Reihen und fanden gelegentlich mal einen herunter gefallenen Groschen. Aber es gab auch immer angestoßenes Obst oder angewelktes Gemüse, das wir zu Hause gut verwerten konnten. Heimisches Obst bekamen wir ja aus unserem Schrebergarten, aber Südfrüchte wie Apfelsinen oder Bananen waren die absolute Ausnahme, auch auf dem Wochenmarkt. In der Regel boten dort die Direktvermarkter aus dem Kieler Umland ihre Erzeugnisse an. Also nahmen wir auch gerne eine angedetschte Banane oder angegammelte Apfelsine mit. Meine Mutter kaufte für die Großeltern regelmäßig geräucherten Euter in Scheiben. „Was ist das denn?", fragten wir Kinder. „Das ist geräucherter Kuhtitt", antwortete mein Vater. „Oma paniert die Scheiben wie Schnitzel und brät sie dann." Bei uns zu Hause kam so etwas allerdings nicht auf den Tisch. Für meine Großeltern war es eine Delikatesse, aber Vater musste in seiner Kindheit in Waldenburg eine Abneigung dagegen entwickelt haben. Die Delikatessen für Oma und Opa fuhr ich dann am Mittwochnachmittag mit dem Rad auf den Kuckucksberg.

Körperlich war das ein ziemlich anstrengendes Unterfangen für mich, denn damals war ich noch klein und zart. Hinter dem Kieler Schlachthof in Gaarden ging es ständig bergauf, ohne Gangschaltung! Die Straßen waren mit Kopfsteinpflaster versehen oder wie die Segeberger Landstraße noch unbefestigt. Zum Schluss musste ich auf den Kuckucksberg hinauf schieben. Die Straße am Schlachthof hatte auch ihre Tücken durch die kreuzenden Eisenbahngleise, in die ich auch einmal mit dem Vorderrad hinein geraten bin. Dank der kurzen Hosen hatte ich stets Schorf an den Knien, aber darunter bildete sich wieder neue junge Haut. Meine Großeltern waren mir sehr dankbar. Allerdings war Oma sehr knickerig, doch Opa steckte mir ab und zu 50 Pfennig zu. Gelegentlich gab er mir auch ein Karnickelfell von seinen geschlachteten Stallhasen. „Das Fell kannst du bei Radomski verkaufen. Lass dir aber weder dieses noch ein anderes Fell über die Ohren ziehen, eine Mark muss er dir dafür schon dafür geben", gab Opa mir mit auf den Weg. Tatsächlich zahlte der Altwarenhändler mir 1,– DM!

Die Besuche bei den Großeltern nutzte ich gleichzeitig zum Spielen und Klettern im Wald mit den anderen Kindern meiner Verwandtschaft, die noch in der großen Baracke wohnte. Die riesigen Waldbäume übten eine große Anziehungskraft auf mich aus. In der Stadt gab es fast keine großen Bäume mehr, viele waren den Bomben und Granaten zum Opfer gefallen. Andere landeten in den Kriegs- und Nachkriegsjahren in den Öfen der Kieler Bürger. Die wenigen Bäume, die überlebt hatten, standen meist auf Privatgelände oder vor Institutionen. Die dortigen Eigentümer oder die Hausmeister hatten viel damit zu tun, uns zu verjagen. Das gelang ihnen nicht immer, denn zur Erntezeit besuchten wir ständig die Obst- und Walnussbäume. Kleine Bäume gab es in Kiel auf den Trümmergrundstücken oder als Straßenrandbepflanzung. Auf Initiative von Oberbürgermeister Andreas Gayk wurden sogenannte „Gaykwälder" mit schnellwüchsigen Pappeln, Weiden und Eschen angelegt. Um den Exer herum und an der Ecke Schülperbaum/Prüne wurde Edleres gepflanzt: Kastanienbäume!

Der Baum an unserer Ecke vor dem Lederwarengeschäft war aber nicht immer mein Freund ... Wettrennen und Wettfahrten um unser Bermudadreieck waren an der Tagesordnung. Mit Rollern und Rollschuhen ging es rund um den Block, Start und Ziel war am Kastanienbaum. Wenn jemand eine Uhr mit Sekundenzeiger besaß, wurde die genaue Zeit gestoppt, ansonsten wurde einfach gezählt. Die Anwohner waren froh, wenn wir nur die Roller dabei hatten, denn die Eisenräder der Rollschuhe verursachten auf den Gehwegklinkern einen Höllenlärm, und wir ernteten viele böse Blicke aus den

Dieser Kastanienbaum kann von einem Unglück erzählen Abb. 020

Erdgeschossfenstern. Bei unseren Eltern waren die Rollschuhe auch nicht sehr beliebt, da die Schuhe immer gelitten haben. Neben einem Riemen um den Knöchel wurden die Rollschuhe vorne mit zwei Metallklemmen an der Schuhsohle befestigt, die sich dann oft vom Schuh löste. Um das zu vermeiden, wurde ein starkes Weckgummi vorne um den Rollschuh und den Fuß gespannt. Einmal hatte ich mich bei einer Wettfahrt um das Dreieck im Zieleinlauf mit dem Roller um den Kastanienbaum gewickelt.

Mit Verdacht auf Gehirnerschütterung wachte ich in der Praxis von Frau Dr. Portofée am Ziegelteich wieder auf. Meine Mutter hatte mich auf den Armen dorthin getragen. Das Elisabeth-Krankenhaus wurde diesmal nicht in Anspruch genommen, da die Praxis näher lag. Nach meinem bewusst hinausgezögerten Erwachen ließ ich mich von meiner Familie auf dem Krankenlager eine Zeit lang verwöhnen. Durch meine „anhaltende Ohnmacht" entging ich schließlich auch dem Donnerwetter und dem obligatorischen „Hinternvoll".

Die Sommersandalen und auch die Stoffturnschuhe wurden zum Leidwesen meiner Eltern auch vom Fußballspielen auf dem Spielplatz strapaziert. In der zweiten Hälfte der 1950er waren die Trümmer gegenüber von Prüne 12 für unseren Spielplatz geräumt und in die Förde oder in die Ton- und Kiesgruben in Kiel-Hasse am „Hornheimer Riegel" geschüttet worden. Diese Gruben waren zu Kaisers Zeiten durch den Abbau von Kies und Ton für die Ziegelwerke entstanden. Auch dank dieser Werke entwickelte sich Kiel von einer Kleinstadt mit ca. 30.000 Einwohnern (1871) zu einer Großstadt mit ca. 210.000 Einwohnern (1910). Das nach der Sanierung der EICHE-Brauerei noch vorhandene Trümmergelände wurde planiert und zwei Eisentore und Spielgeräte aufgestellt. So hatten wir vor unserer Haustür ein Fußballfeld, das aber auch für andere Aktivitäten herhalten musste. Auf dem Fußballplatz spielten wir Prüner gegen andere Straßenmannschaften oder trainierten Spielzüge und Torschüsse. Ein guter Spielkamerad war für mich der fast gleichaltrige Herwig A. aus der Herzog-Friedrich-Straße, mit dem ich die Grundlagen des Handballspiels erprobte. Herwig ging auf das Gymnasium, seine Mutter besaß ein Miederwarengeschäft in der Ringstraße. Ich war stolz darauf, mit ihm spielen zu dürfen. Herwig wurde Anfang der 60er-Jahre Bundesligahandballer beim THW Kiel und spielte dann sogar in der Handball-Nationalmannschaft.

Mit Bäumen und Kopfschmerzen hatte ich in meiner Kindheit noch mehr Erlebnisse. Die alte Töpferei in der Sandkuhle war als Ruine nur eineinhalb Stockwerke hoch. Bei der Bebauung des Dreiecks waren an der Rückseite des Gebäudes direkt an der Wand Pappeln gepflanzt worden. Diese Bäume überragten das Flachdach der Ruine nur knapp. Wir spielten Räuber und Gendarm, und auf der Flucht vor dem Gendarm flitzte ich die eiserne Feuertreppe hoch auf das Flachdach. Ich ergriff eine Astspitze und wollte den Baum herunterklettern, was der Baum aber gar nicht gut fand. Der dünne Ast mit mir an der Spitze neigte sich dem Boden entgegen! So hing ich – weit vom Stamm entfernt – hoch über dem Boden und konnte mir einige Zeit ausmalen, was wohl geschehen würde.

Als ich schließlich mit dem Rücken hart auf dem Boden aufschlug, blieb mir die Luft weg. Blödes Gefühl, wenn man atmen will und nicht kann. Später behaupteten meine Geschwister bei jeder passenden Gelegenheit, ich sei ja in den Kinderjahren mehrfach auf den Kopf gefallen. Zu diesen Äußerungen trugen auch die „Ritterkämpfe" an den Teppichstangen bei. Zwei Jungen hängten sich nebeneinander an die Teppichstange und versuchten, sich gegenseitig mit den Beinen zu umschlingen. Der Gegner sollte gezwungen werden, die Teppichstange los zu lassen und zu Boden zu gehen. Wenn aber der Sieger sein Opfer nicht los ließ und weiterhin mit den Beinen umschlang, bekam dessen Oberkörper Übergewicht und er schlug mit dem Kopf auf den Boden, was wieder einmal zu Kopfschmerzen führte

Anlässlich der 1.-Mai-Feiern nahmen unsere Eltern uns mit zum Umzug der Gewerkschafter vom Gewerkschaftshaus oder vom Werfttor zur Kundgebung auf dem Rathausplatz. Die Reden und Ansprachen interessierten uns nicht, aber die Festtagskleidung war unser ganzer Stolz. Anschließend ging es zum Mittagessen ins „SIE-CHENBRÄU". In dem Lokal in der Willestraße essen zu gehen, war die absolute Ausnahme und ein Höhepunkt für uns. Es gab dann auch mal eine Brause oder ein Eis und 50 Pfennige für den Spielautomaten. Gerd spielte dann, bis er kein Geld mehr hatte. Ich hörte auf, wenn zwei Groschen keinen Gewinn gebracht hatten.

Maikundgebung 1960 - damals ein Festtag für die ganze Familie

Abb. 021

Die restlichen 30 Pfennig steckte ich in meinen Spartopf von der Kieler Spar- und Leihkasse, um für mein Fahrrad zu sparen. Mit Automaten hatten wir noch nicht viel am Hut. Damals hatte nur der Kaufmann Schmidt einen VIVIL- und einen Kaugummiautomaten an der Hauswand hängen. Diese Automaten wurden besonders von den größeren Kindern ständig mit den Knien von unten nach oben gestoßen. Gelegentlich sprang dann ein Groschen oder eine Packung Kaugummi in den Auswurfschacht. Zigarettenautomaten gab es anfangs noch nicht. Samstags nach der Lohnzahlung holten wir für unseren Vater im Tabakladen drei einzelne Zigaretten der Marken „OVERSTOLZ", „ECKSTEIN" oder „PLAYERS" und ein paar Zigarrenstumpen „FEHLFARBEN", deren Stummel er zum Schluss noch in die Pfeife stopfte. Weitere "Highlights" in den Sommerferien waren Besuche bei der Verwandtschaft in Frankfurt und die Ferienfahrten mit der Arbeiterwohlfahrt an den Falckensteiner Strand an der Kieler Förde.

Es gab in den Sommern aber auch „Lowlights". Mein Vater hatte wieder gute Arbeit, inzwischen als gelernter Kupferschmied bei den Howaldtswerken (später HOWALDTSWERKE - DEUTSCHE WERFT AG), doch meine Mutter war durch die viele Arbeit und die Kinder ausgelaugt und brauchte Erholung. Ich war untergewichtig und musste aufgepäppelt werden.

Meine Mutter bei ihrer Kur im Dünenhaus im September 1954   *Abb. 22 + 23*

Die Lösung hieß: „Müttergenesungswerk" und „Kinderverschickung" über das Gesundheitsamt und die Arbeiterwohlfahrt. Mutter fuhr für einige Wochen in eine Kurklinik und ich in ein Kinderheim in der Nähe von Plön. Während der Wochen von Mutters Abwesenheit sollte Tante Gerda, Mutters jüngere Schwester aus Thüringen, den Haushalt in der Prüne 12 führen. Ich hatte nach vier Wochen Kinderheim noch zwei Wochen gut von Gerda ... Aber erst einmal zum Aufpäppeln in Plön. Vor meiner Verschickung musste jedes Kleidungsstück mit meinem Namen versehen werden, und alles, was ich mitnahm, wurde in eine Liste eingetragen. Außerdem gab es noch ärztliche Untersuchungen. Dabei wurde ein Zahnproblem festgestellt, das vorher noch behandelt werden musste. Die Praxis des Zahnarztes, den ich noch am Vortag meiner Verschickung aufsuchte, befand sich in einem stark kriegsbeschädigten Gebäude Ecke Herzog-Friedrich-Straße/Sophienblatt im zweiten Stockwerk.

Hier am Sophienblatt ruckelte der fußbetriebene Bohrer des Zahnarztes   Abb. 024

Der fußbetriebene Bohrer lief immer dann sehr aus dem Ruder, wenn im Sophienblatt die Straßenbahn in den Schienen rumpelte. Die ganze Hausruine wackelte dann, sodass mir der Arzt zusätzlich zu den schon vorhandenen Zahnschmerzen beim Bohren noch einige Wunden im Zahnfleisch zufügte! Am ersten Tag im Kinderheim war dann wegen der Schmerzen in meinem Mund an Aufpäppeln nicht zu denken, da ich fast nichts essen konnte. Aber auch der letzte Tag im Kinderheim war nicht sehr angenehm.

„Wo sind denn die Träger deiner Lederhose, Jürgen? Hier in der Kleiderliste sind Hosenträger aus Leder aufgeführt", grübelte die Betreuerin. Gesagt werden muss noch, dass im Kinderheim ein strenges Regiment herrschte. Alles, was auf den Tisch kam, musste aufgegessen werden. Auch der Eintopf mit fettem Fleisch, äh! Nach dem Mittagsschlaf machten wir einen Spaziergang am See durch den Wald. Plötzlich bekam ich Bauchschmerzen, und es drängte sehr. Ich sonderte mich von den ca. 40 Kindern ab, hockte mich schnell hinter eine dicke Buche, und dann war es passiert: das fette Fleisch war jetzt als Durchfall auf meinen hirschledernen Hosenträgern gelandet! Was nun? Geschimpfe und Blamage oder Schweigen? Schnell wurden die Hosenträger abgeknöpft und liegen gelassen und die Hose vorne unter der Jacke unauffällig mit der Hand zusammen gehalten. Nach meiner Rückkehr bemängelte meine Mutter dem Amt gegenüber die fehlenden Hosenträger und bestand auf Ersatz, den sie auch bekam! Niemandem habe ich je vom „Hosenträgerschicksal" erzählt.

Meine Freude über die Rückkehr in die Prüne wurde dann durch Tante Gerda getrübt. Sie verstand es, das Kostgeld für die Familienernährung vorwiegend für ihre Bedürfnisse zu verwenden. Während ihrer Vertretung von Mutter holte sie nach, was sie in der DDR versäumt hatte, und ich musste wieder Eintopf mit fettem Fleisch essen. Zudem führte ihre mangelnde Aufsichtspflicht dazu, dass meine Schwester Ute, die ja noch Kleinkind war, einmal schreiend an der aus dem kleinen Stubenfenster gewehten Gardine hing und erst im letzten Moment wieder ins Zimmer gezogen werden konnte.

Unser Vater war ja auch nicht zu Hause, er befand sich auf einjähriger Auslandsmontage in Zagreb im damaligen Jugoslawien. Nach seiner Rückkehr erklärte er Gerdas Konsumverhalten so: „In der Zone (Ostzone bzw. sowjetisch besetzte Zone = SBZ) haben sie nichts Ordentliches zu essen und können sich noch weniger leisten als wir!"

Damals war mein Vater als Kupferschmied schon Vorarbeiter der Schmiedewerkstatt auf der Werft. Er wurde als Auslandsmonteur zur Montage nach Zagreb abgestellt, um dort Kupferkesselanlagen für eine Brauerei zu erstellen. Die Trennung fiel der Familie zwar schwer, aber es wurde so gut bezahlt, dass wir uns finanziell sehr erholen konnten. Mit der Gastgeberfamilie in Zagreb hatte mein Vater noch lange Briefkontakt.

Weiterhin hatte mein Vater in diesen Jahren als HDW-Monteur auch bei der Holsten-Brauerei in der Kieler Holtenauer Straße (heute Brauereiviertel) Brauanlagen erstellt. Nicht nur finanziell kam das der Familie zu Gute, auch Naturalien in Form vom täglichen „Haustrunk" brachten Abwechslung in unseren Getränkeplan. Der Haustrunk bestand aus Halbliterflaschen Bier, Malzbier (Mutterbier) und Brause, die jeder Arbeiter täglich von der Brauerei zum Eigenverbrauch für den Feierabend erhielt. Es waren helle, durchsichtige Glasflaschen mit dem blauen Aufdruck „Haustrunk", die Vater abends mit nach Hause brachte. Seine Arbeit dort muss wohl enorme Anerkennung gefunden haben, er bekam danach ein lebenslanges Deputat in Form einer Kiste „Holsten Edel" monatlich frei Haus geliefert!

Fast jedes Jahr durften wir in den Sommerferien einige Wochen an den begleiteten Strandfahrten der Arbeiterwohlfahrt teilnehmen. Von der Bahnhofsbrücke, der Seegartenbrücke oder der Reventloubrücke fuhren frühmorgens Kinder jeglichen Alters mit dem Fördedampfer an den Falckensteiner Strand auf dem Westufer der Kieler Förde.

Im Sommer gab es lustige Seefahrten an den Falckensteiner Strand mit den Fördedampfern Abb.025

Schon die Dampferfahrt war ein Erlebnis. Allerdings hatte ich immer Angst, über die Brückenbeläge zu gehen. Ich meinte, ich könne durch die Spalten fallen, da ich ja das Wasser unter der Brücke durch die Öffnungen schimmern sah. Bei Sonnenschein hatten wir bereits nach der 1½-stündigen Fahrt den ersten Sonnenbrand auf den erstmals freigelegten Körperpartien. Wir trugen zwar schon ab Ostern kurze Hosen, aber der Nacken oder die Schultern waren noch weiß, und die Intensität der Sonne wurde durch die Reflektion des Wassers noch verstärkt. Sonnencreme kannten wir nicht, und der Begriff „Lichtschutzfaktor" war noch nicht erfunden. Das Wetter am Strand war uns egal, und die Betreuerinnen sorgten mit Spielen und beaufsichtigtem Baden in der Förde für Beschäftigung. Völkerball, Fangen und Wasserball waren an der Tagesordnung. Aber auch Brettspiele oder Vorlesen waren bei trübem Wetter immer gern gesehen. Mittags gab es zu der von Mutter eingepackten Stulle oder dem Obst immer ein großes Milchbrötchen und einen ¼-Liter Milch oder Schokotrunk aus der Glasflasche. Die Flaschen waren oben mit einer dünnen Metallmembrane verschlossen, die mit dem Daumen eingedrückt wurde. Es wurde alles ausgetrunken, denn verschließen ließen sich die Flaschen nicht mehr.

Meine Schwester Ingrid war bis Mitte der 50er gelegentlich auch noch mit dabei. Sie war sehr sportlich, eine verrückte Nudel und hatte immer neue Ideen. Sie suchte die Herausforderung, indem sie zusammen mit einer Freundin beschloss, von Falckenstein hinüber nach Laboe auf dem Ostufer der Förde zu schwimmen! Die ca. 2 km lange Strecke führte durch die viel befahrene Schifffahrtsstraße, und das Durchschwimmen war natürlich wegen der Gefahr verboten. Die Wasserschutzpolizei fischte die Mädchen dann auch ganz schnell aus dem Wasser und brachte sie mit dem Polizeiboot unter heftigen Ermahnungen zurück an den Falckensteiner Dampferanleger. Welche Strafen dieser Ausflug zu Hause nach sich zog, lass ich einmal unkommentiert, da die häuslichen Maßregelungen ja klar auf der Hand lagen. Die abendlichen Rückfahrten mit den damals noch kohlebetriebenen Fördedampfern verliefen meistens viel ruhiger als die Hinfahrten.

Wir waren von den Strandtagen immer richtig geschlaucht und müde. Die Augen in den sonnengebräunten und teilweise vom Dampferschornstein rußgeschwärzten Gesichtern fielen dann oft einmal zu.

Eingeprägt haben sich auch die Besuche unserer Verwandtschaft aus Bergen-Enkheim (in der Nähe von Frankfurt am Main) bei uns in Kiel bzw. unsere Besuche bei ihnen. Mein Patenonkel Herbert

Die Frankfurter: Hanne, Greta, Patenonkel Herbert und meine Mutter mit uns Kindern und Hannes Freundin (li.)   *Abb. 26 + 27*

war ja nach dem 2. Weltkrieg in Bergen-Enkheim bei der Witwe Greta und ihrer Tochter Hannelore geblieben und hatte sich dort eine Existenz aufgebaut. Die Besuche bei uns in Kiel brachten uns platzmäßig natürlich an unsere Grenzen, aber irgendwie ging es. Mutter kochte dann für die Verwandten und für uns ihre Spezialitäten wie „Pflaumenkliesla" und „Häckerle".

So kamen auch wir in den Genuss von schlesischen und thüringischen Gerichten. Absolutes „Muss" war der Besuch der FISCHKÜCHE, verbunden mit einer Fahrt mit der Hörnfähre von der Bahnhofsbrücke nach Gaarden und zurück. Die FISCH-KÜCHE war ein Lokal in der Lerchenstraße neben der dort ansässigen Kieler Meierei (später in Kiel-Wittland), in dem nur Fisch gegessen werden konnte. Spezialität war der Backfisch mit Kartoffelsalat, der von den Frankfurtern „eingeatmet" wurde.

Es wurde viel gemeinsam unternommen, u.a. auch Strandfahrten und Ausflüge mit den Ostseefähren nach Langeland oder Korsör. Dabei gab es viele lustige Erlebnisse. „Eine Seefahrt, die ist lustig, eine Seefahrt, die ist schön ...", wenn nicht gerade Starkwind und hoher Wellengang herrschten. Wilfried, der kleine Sohn meiner Cousine Hanne, war gar nicht seefest. Oder er hatte etwas Falsches gegessen. Jedenfalls war er blass im Gesicht und grün um die Nase. Wir erkannten das Problem und sahen das Unglück schon kommen. Ob man backbord oder steuerbord über der Reling hing und sich übergab, war eigentlich egal.

Typisch Werner, hier in unserem Schrebergarten Abb. 028

Entscheidend war, woher der Wind blies! Allerdings hatten die Landratten aus Frankfurt dann an Oberdeck die falsche Entscheidung getroffen. Hanne und die Personen, die hinter Wilfried standen, bekamen das dann in Form von „unverdautem Frühstück" zu spüren!

Ein beliebter Ausflugsort war auch Vaters Schrebergarten. Meine Mutter bekam durch die zusätzliche „Frauenpower" Unterstützung beim umfangreichen Verarbeiten der Gartenfrüchte: Erdbeeren, Kirschen, Johannisbeeren, Rhabarber, Bohnen, Erbsen und Karotten wurden eingeweckt und Saft und Marmeladen hergestellt.

Mutti ist die Beste – auch hier im Schrebergarten Abb. 029

Der Saft der roten Johannisbeere war für Vaters Johannisbeerwein und den „Aufgesetzten" reserviert. In zwei großen Glasballons wurde der Saft zum Vergären auf das Küchenbuffet gestellt. Einige Tage machte dann der Gäraufsatz, der zur Gärkontrolle auf dem Ballonhals befestigt war, entsprechende Blubbergeräusche. Nach Abschluss der Gärung zuckerte Vater den Wein, bis er Trinkqualität hatte und füllte ihn schließlich mit dem Weinschlauch in Flaschen. Gelegentlich durften wir Kinder den Schlauch ansaugen, um die physikalische Wirkung des Sogs, so Vater, zu verstehen ... Ich erinnere mich, dass wir dann ab und zu einen kleinen Schwips hatten. Der „Aufgesetzte" wurde mit Korn oder Kartoffelschnaps und zerdrückten Johannisbeeren „aufgesetzt". Die Früchte blieben einige Wochen im Alkohol, dann wurde die Flüssigkeit gefiltert und gezuckert in Flaschen gefüllt. Sowohl der Johannisbeerwein als auch der „Aufgesetzte" waren die Favoriten der Damen bei den diversen Feiern bei Gebauers in der Prüne. Mit den ausgelaugten, aber alkoholhaltigen Früchten wurde dann noch mancher Schaumwein oder Sekt „aufgepeppt".

Im Alter von acht Jahren verbrachte ich meinen ersten alleinigen Ferienaufenthalt in Bergen-Enkheim. Mit einem kleinen Koffer in der Hand und einem Schild um den Hals stieg ich im Kieler Hauptbahnhof in die Bundesbahn. Unter Betreuung der Bahnhofsmission Kiel und der anderen Stationsbahnhöfe erreichte ich nach ca. zehn Stunden Fahrt und einmal Umsteigen den Frankfurter Hauptbahnhof, wo ich von Tante Greta und Onkel Herbert in Empfang genommen wurde. Auf dem Schild um meinen Hals standen alle notwendigen Daten für die Betreuer der Bahnhofsmissionen. Sie hatten alle die Information, in welchem Wagen ich saß und schauten an den Haltepunkten nach mir. Auch der Schaffner war informiert, so dass nichts schieflaufen konnte und ich nach anfänglicher Beklemmung bald froh meinen Ferien in Frankfurt entgegen fuhr. Die Ferien dort waren Abenteuer: Die große Stadt, der Flughafen, der Zoo, der Palmengarten, Ausflüge mit den Main- und Rheinschiffen und Fahrten auf dem Soziussitz der HOREX mit Bernd, dem Verlobten von Cousine Hannelore.

Onkel Herbert nahm mich häufig mit zu seinem „Äppelwoi-Früh-schoppen" bei der Nachbarin Frau Wehrheim, die eine soge-nannte „Straußwirtschaft" betrieb. Bei den Frühschoppen und bei Besuchen der übrigen Frankfurter Verwandtschaft forderte mich Onkel Herbert immer stolz auf: „Sing mal das Kieler Lied. Das mit dem Tüddelband."

Also stimmte ich mit zarter Kleinjungenstimme an: „An de Eck steiht'n Jung mit'n Tüddelband ... is een Klacks för'n Kieler Jung" und wandelte dabei den Originaltext „Hamburger" in „Kieler" um. Die Begeisterung von Onkel Herbert und seinen Freunden zahl-te sich in Form von Brause, Eis oder auch mal einem Groschen aus. Freundschaft habe ich dort mit dem gleichaltrigen Rainer ge-schlossen, wir waren ständig unterwegs. In den Gärten der Häu-ser gab es Hühner und Tauben, mit denen wir uns beschäftigten. Unvergesslich war das Ereignis bei einem starken Gewitter. Der Stadtteil Enkheim liegt unterhalb vom Stadtteil Bergen. Die Haupt-straße zwischen diesen beiden Ortsteilen ist sehr steil, wodurch das Regenwasser nur begrenzt abfließen konnte. Nach dem be-sagten Starkregen konnten wir in Enkheim in der Hauptstraße, die kniehoch überflutet war, ausgiebig baden, und alle Keller der Häuser in dem gesamten Bereich waren vollgelaufen!

Nun noch zu den Tauben.
Die Rückfahrt nach Kiel trat ich dann nicht allein an. Auf meinem Schoß bzw. auf dem freien Nebenplatz befand sich ein Karton mit fünf jungen Tauben, die ich für mei-ne Eltern unvorbereitet mit nach Kiel brachte. Mein Va-ter sah das pragmatisch (dabei dachte er wohl an seinen Welpenkauf damals), aber meine Mutter war gar nicht be-geistert. Den Tauben baute Vater auf dem Küchenbal-kon einen Verschlag, in dem sie vorübergehend unterge-bracht waren. Zum Ende des Sommers bekamen sie dann in der Laube des Schrebergartens einen Verschlag, was für mich aber viel Zeitaufwand und Verantwortung bedeutete.

Einen besonderen Urlaub verbrachte ich in Bergen-Enkheim zusammen mit Vater, Mutter, Gerd und Ute. Ich war ca. zehn Jahre alt, als die deutsche Nachkriegsgeschichte mit der Teilung Deutschlands sehr nahe rückte und sich mit meinen bzw. unseren Kinderängsten nachhaltig einbrannte.

Die Familie meiner Mutter war bis auf ihre jüngste Schwester Rosi in der damaligen DDR geblieben und wohnte überwiegend bei Gotha in Thüringen. Dort lebten noch drei Brüder, zwei Schwestern und die Großeltern. Uns erreichte die Nachricht, dass meine Oma, die Mutter meiner Mutter, schwerkrank geworden war und im Sterben lag. Das veranlasste meine Eltern, die Rückfahrt mit der Bahn umzuplanen. So wurden am Frankfurter Bahnhof die Fahrkarten nach Kiel für Mutter und uns drei Kinder umgebucht auf den Zielort Gotha in Thüringen. Mein Vater fuhr dann allein nach Kiel zurück. Er musste ja wieder auf der Werft arbeiten und konnte die Kinder tagsüber nicht betreuen, auch Ingrid und Peter gingen schon in die Lehre. So fuhren meine Mutter und wir drei Kinder mit mulmigem Gefühl im Magen Richtung DDR. Die Grenzkontrolle im Zug erfolgte durch die Grenzsoldaten mit Maschinenpistolen im Anschlag. Das trug bei uns gar nicht zur Beruhigung bei. Dann äußerte der DDR-Schaffner auch noch barsch, wir seien Schwarzfahrer. Die umgebuchten Fahrkarten seien ungültig und wir sollten uns in Gotha umgehend bei der Bahnhofspolizei zur weiteren Klärung des strafbaren Sachverhaltes melden!

Wir sahen uns schon alle im DDR-Gefängnis, und die weitere Fahrt war von dieser Angst geprägt. Mutter versuchte uns zwar dadurch zu beruhigen, dass sie auf ihren Bruder, unseren Onkel Edgar hinwies. „Edgar ist doch bei der Bahn und arbeitet in Gotha auf dem Bahnhof, er kann uns sicherlich helfen", versuchte Mutter uns zu beruhigen. Aber wie sollten wir Edgar auf dem Bahnhof erreichen? Hatte er bei unserer Ankunft Dienst? Wie sollten wir mit den ungültigen Fahrkarten durch die Bahnsteigsperre kommen?

Die Bahnhöfe hatten damals noch Bahnsteigsperren mit Kontrollhäuschen. Man konnte die Bahnsteige nur mit gültigem Fahrausweis oder extra gelösten Bahnsteigkarten betreten bzw. verlassen.

Jeder, der Verwandte oder Freunde direkt vom Zug abholen wollte, musste eine kostenpflichtige Bahnsteigkarte lösen und wurde kontrolliert. Meine Mutter nahm also ihren ganzen Mut zusammen und fragte den Bahnsteigkontrollbeamten nach ihrem Bruder Edgar. Der Beamte schaute unser Häuflein an und veranlasste, dass Edgar ausgerufen wurde. Er hatte Gott sei Dank gerade Dienst und regelte sehr schnell unsere Angelegenheit. Auch für die spätere Rückfahrt nach Kiel ließ er die Papiere in Ordnung bringen, so dass wir beruhigt zu Oma Frieda und Opa Robert nach Sonneborn fahren konnten.

Oma lag schwerkrank im Bett und brauchte Ruhe, und da die Räumlichkeiten dort auch sehr beengt waren, wurde ich bei Tante Sonja und Onkel Edgar auf einem kleinen Bauernhof im Nebenort untergebracht. Die wenigen Tage dort habe ich dann sehr genossen. Es gab eine Kuh, ein Pferd, Schweine und Federvieh. Als Hühnerstall diente ein alter Eisenbahnwaggon, und in einem Schuppen konnte ich mit meinen Cousins und Cousinen im Heu und Stroh toben. Nur von dem stinkenden Misthaufen und von den kalten Körperwäschen an der Schwengelpumpe im Hof war ich nicht so begeistert. Nach wenigen Tagen mussten wir zurück nach Kiel, denn die Ferien waren zu Ende. Mutter hatte Oma Frieda noch einmal gesehen und mit ihr ein letztes Mal sprechen können, bevor sie dann kurze Zeit später verstarb. Erst nach der Wiedervereinigung der beiden deutschen Staaten konnte meine Mutter im Alter von über 80 Jahren ihre alte Heimat gemeinsam mit mir besuchen.

Eingeprägt haben sich im Sommer noch die Fernsehnachmittage bei einem Arbeitskollegen von Vater. Kurt und Anni Früchtenicht wohnten im 2. Stock eines Hauses in der Stromeyerstraße und hatten das erste Fernsehgerät im Bekanntenkreis. Meist am Wochenende durfte ich dann zusammen mit meinem Vater Fußballübertragungen in deren Wohnzimmer anschauen, z.B. die Fußballweltmeisterschaften 1954 und 1958 und die Endspiele um die Deutsche Meisterschaft mit Schalke und anderen (noch nicht von Bayern München dominierten) Mannschaften.

Es war Sommer, die Stubenfenster standen offen, die Straßen waren wie leergefegt. Wer zu Hause noch kein Fernsehgerät besaß, saß in irgendeiner Kneipe oder stand in der Innenstadt vor den Schaufenstern von KIHR GOEBEL oder anderen Rundfunk- und Fernsehgeschäften, die hinter der Schaufensterscheibe ihre Geräte eingeschaltet hatten. Durch die offenen Wohnungsfenster waren die Kommentare der Nachbarn und die Anfeuerungsrufe für die eine oder andere Mannschaft immer deutlich zu hören. Wenn Vaters Mannschaft gewonnen hatte, gab es auf dem Nachhauseweg bei EIS-MEYER im Hasseldieksdammer Weg häufig noch ein „Gute-Laune-Eis".

Während der Sommerzeit bis in den Herbst hinein fuhr ich regelmäßig einmal im Monat mit dem Fördedampfer der „Blauen Linie" von der Seegartenbrücke hinüber zur Schwentinebrücke, um meinen Vater am HDW-Werfttor abzuholen. Die „Blaue Linie" war als Pendelverkehr zwischen der Kieler Innenstadt und der Werft vorrangig für die Werftarbeiter eingerichtet worden. Die Howaldtswerft war seit 1876 in Kiel-Dietrichsdorf die erste Werft in Kiel. Nach dem 2. Weltkrieg befanden sich auf dem Ostufer der Kieler Förde drei Werften und auf dem Westufer die LINDENAU-Werft. Dort war der Vater meiner späteren Frau Ingenieur und Betriebsleiter. An der Hörn war noch die ursprünglich kaiserliche GERMANIA-Werft einige Jahre in Betrieb. In Richtung Schwentine gab es die DEUTSCHE WERFT AG, die dann am 1.7.1955 von der Howaldtswerft übernommen wurde und danach als HOWALDTSWERKE DEUTSCHE WERFT AG firmierte. Mein Vater hatte nach dem Krieg diese Entwicklung auf den Werften miterlebt und noch auf der GERMANIA-Werft seine Ausbildung zum Kupferschmied abgeschlossen. Während der besten Werftzeiten waren allein in Kiel-Dietrichsdorf über 10.000 Arbeiter beschäftigt.

Ich nahm meinen Vater also am Werfttor in Empfang, und wir gingen gemeinsam zu „Onkel Kurt" zum Haareschneiden in die Straße Eckberg in Dietrichsdorf. „Onkel Kurt" hatte eine mechanische Handhaarschneidemaschine, die die Haare mehr abriss als abschnitt.

Wenn dann nach dem schmerzhaften Haareschneiden kein Fördedampfer mehr nach Kiel fuhr, nahmen wir die Straßenbahn Linie
4 von der Endstation an der Schwentinebrücke bis zum Bahnhof.
In den Wintermonaten fanden die Besuche bei „Onkel Kurt" regelmäßig mit der Straßenbahn statt, auch die Werftarbeiter waren
dann auf die Straßenbahn angewiesen. Die Förde war öfter wegen
Eisganges oder fester Eisdecke nicht befahrbar. In strengen Wintern
konnte man die Hörn, manchmal sogar die ganze Förde zu Fuß
überqueren.

Ende der 1950er hatte mein Vater als Betriebsrat bei HDW über
das Sozialwerk der Werft die Möglichkeit, uns Kinder in den Feri-
en für einige Wochen im Kinderheim der Werft in St. Peter-Ording
oder im Gebirge unterzubringen. Ich war damals zwei Mal in St.
Peter beim Heimleiter Onkel Walter. Es waren sehr schöne Ferien
an der Nordsee, allerdings waren die langen Wanderungen an den
Strand für die kurzen Kinderbeine ziemlich mühsam. Besonders
bei Ebbe war das Wasser immer sehr weit weg, aber Krabben-
fangen und Buttpetten in den Prielen sorgten für Ablenkung und
entschädigten uns für die Anstrengung. Gegen Abend wurden die
Krabben über dem Lagerfeuer im Garten abgekocht und dann
gemeinsam für das Abendessen gepult. Onkel Walter war ein sehr
netter Mann, und seine Frau und die Betreuer gingen sehr freund-
lich und familiär mit uns um. Die Abschiede am Ende der Ferien
waren immer sehr tränenreich und traurig.

SPÄTSOMMER UND HERBST
in den 50ern

Sommer ade,... jetzt geht es los. Meine Mutter mit Gerd und Ute im Sonntagsstaat

Abb. 030

Die Sommerferien waren vorbei. Jeder Ferientag hatte uns Abenteuer und Erlebnisse beschert, aber nun fing die Schule wieder an. Im April 1955 wurde ich in die Sternschule am Wilhelmplatz/Ecke Kronshagener Weg eingeschult. Mit über 40 Schülern ging ich in die Klasse von Herrn Born, einem schon älteren Lehrer, der den Weltkrieg überlebt hatte. Lehrer waren rar, viele waren durch den Krieg berufsunfähig geworden oder gefallen. Lehrerinnen waren noch selten. Wegen des Lehrermangels gab es sehr große Klassen, was den Lernerfolg bei mir nicht gerade förderte. Sowohl in der Schule

„Klein Jürgen" bei der Einschulung im April 1955   Abb. 031

als auch zu Hause konnte ich mich sehr schwer konzentrieren. Die Hausaufgaben mussten wir Schulkinder bei "laufendem Betrieb" in der Wohnküche machen. Das Ergebnis war dann bis zu den Herbstferien im 2. Schuljahr so niederschmetternd, dass die Versetzung in die 3. Klasse zu Ostern gefährdet war.

Es war also Nachhilfe angesagt. Nachhilfe besonderer Art durch meinen Vater – und Lesezwang. Meine Deutsch-Hausaufgaben machte ich erst, wenn mein Vater von der Arbeit nach Hause kam. Er setzte sich dann neben mich an den Küchentisch und diktierte mir alle Aufgaben, Wörter, Sätze und Übungsdiktate, die ich dann auf Papier schreiben musste. Die erste Zeit schrieben wir Schüler ja noch mit Schiefer- oder Milchgriffel auf einer Schiefertafel, da Papier auch rar und teuer war. Sobald mir ein Rechtschreibfehler unterlief, nahm er das Blatt oder gar das Heft und zerriss es. Mit einem neuen Blatt ging es weiter, bis die Arbeit fehlerfrei war. Nach einigen Tagen blieben mehr und mehr Blätter oder Hefte unversehrt.

Zur Förderung meiner Deutschkenntnisse meldete Vater mich in der Außenstelle der Stadtteilbücherei am Schützenpark an. Zusammen wählten wir dort die ersten beiden Jugendbücher aus, die nach einer Woche durchgelesen waren und in zwei neue Bücher umgetauscht wurden. Mein Vater kontrollierte meinen Leseeifer ab und zu durch Nachfragen über den Inhalt des gelesenen Buches. Aber nach einigen Wochen war das gar nicht mehr erforderlich, denn inzwischen las ich mit Begeisterung Bücher wie "Horst wird Förster" oder Sven Hedins „Durch die Wüste Gobi". Die Geschichten fesselten mich so sehr, dass ich die Außenwelt gar nicht mehr wahr nahm. Der Erfolg war dann Ostern die Versetzung in die 3. Klasse mit der Note "gut" in Deutsch!

Mein Schulweg zur Volksschule in der Sternstraße war nicht weit. Entweder ging ich die Prüne hoch bis zur Adelheidstraße und bog dann in den Kronshagener Weg ein (den Schützenwall gab es noch nicht), oder mein Weg führte über die Sandkuhle am Exerzierplatz vorbei zum Kronshagener Weg.

Der Weg am Ersten Schultag auf der Prüne vorbei am Gelände der EICHE-Brauerei Abb. 032

Diese Strecke war fast genauso lang (maximal 15 Minuten), aber dieser Schulweg war viel interessanter. Er führte an den Geschäften und Neubauten am Exer vorbei und verleitete uns Schulkinder gelegentlich zu Klingelstreichen.

Die Neubauten Ecke Adelheidstraße/Kronshagener Weg hatten nämlich als neueste Errungenschaft außen an den Haustüren Briefkästen und Klingeln mit den Namensschildern der Bewohner. Noch heute sehe ich die Namen vor mir: „Ruge, Vogel, Wieben, Hecht, Essensohn, Schuler, Werner Richter, Freudel".

Sie haben sich mir durch häufiges Klingeldrücken nachhaltig eingeprägt. Nach Überqueren der Adelheidstraße kamen wir an einem Bäcker vorbei, der in einem vom Krieg verschonten Haus sein Geschäft betrieb. Links und rechts waren alle anderen Häuser zerstört. Der Bäcker machte sein Geschäft mit Rumkugeln, die wir gerne für 10 Pfennig kauften, wenn wir kein Schulbrot mitbekommen hatten. Man sagte, dass die Rumkugeln aus dem Zusammengefegten der Backstube bestanden und mit Rum steril gemacht wurden. Über den eventuell enthaltenen Alkohol machte sich damals niemand Gedanken.

Auf dem Trümmergelände neben dem Bäckergebäude wurde am 1.1.1953 ein Verkehrsübungsplatz errichtet. In dieser Jugendverkehrsschule machten jedes Jahr tausende von Schülern der 4. Klassen im Beisein eines Polizisten der Landesverkehrswacht den „Fahrradführerschein". Ich besaß ja später ein eigenes Fahrrad und meine Eltern legten Wert darauf, dass ich entsprechend ausgebildet war und die Regeln kannte. Das war für mich wichtig, da ich mit meinen Klassenkameraden bereits Fahrradtouren bis nach Levensau am Nord-Ostsee-Kanal unternahm.

Auch im Herbst war das Fahrrad ein wichtiges Transportmittel. Mein Vater zahlte mir für jeden Sack Kastanienlaub, den ich auf dem Gepäckträger in den Garten am Kolonnenweg brachte, ein paar Pfennige. Kastanienbäume gab es an der Straßenbahnlinie im Hasseldieksdamer Weg bis zum Kilia-Fußballplatz reichlich. So konnte ich nachmittags ab und zu einige Säcke von dort in den naheliegenden Garten transportieren. Außerdem musste ich 2-3 Mal in der Woche im Garten meine Tauben mit Futter und Wasser versorgen. Mein Vater hatte für die Tauben, die ich in den Sommerferien aus Bergen-Enkheim mitgebracht hatte, im Spitzdach der Laube einen Verschlag gebaut. Problematisch wurde es im Winter, wenn es so kalt war, dass das Wasser einfror. Dann musste ich alle zwei Tage wegen der Schneelage die Strecke zu Fuß bewältigen. Im Frühjahr hatte sich das Problem dann von selbst erledigt: eine Taube war in der Regenwassertonne ertrunken, und die restlichen hatten sich einem größeren fremden Schwarm angeschlossen.

Herbst war die Zeit der Bevorratung. Neben Einwecken und Einkochen der Wintervorräte mussten Kartoffeln eingelagert und Kohlen gebunkert werden. Wenn die Kohlen nicht angeliefert werden konnten, wurden sie von 2 Jungen mit der „Schott'schen Karre" oder dem Handwagen säckeweise vom Kohlenhändler „Gehl & Weiss" in der Hermann-Weigmann-Straße/Ecke Zastrowstraße geholt. Den Koks, die Steinkohle oder die Eierbriketts schüttete man dann durch das Kellerfenster von der Straße aus in unseren Keller. Wenn die darunter liegende Kohlenkiste voll war, wurden die Briketts obendrauf geschüttet. Sie mussten dann von Hand an der Kellerwand platzsparend aufgestapelt werden.

Im Spätsommer ließ mein Vater eine Fuhre Schiffsbauholz mit einem LKW anliefern. Der Laster kippte das Holz am Samstag gegenüber auf dem Trümmergrundstück ab. Nachdem wir dort einen Sägebock aufgestellt hatten, waren alle Mann (und Frauen und Kinder) das ganze Wochenende damit beschäftigt, den Holzhaufen abzutragen. Vater und ein Junge sägten mit der Zwei-Mann-Schrotsäge die Balken und Bretter ofenklein. Besonders schwer ließen sich die beschädigten Bohlen von der Slipanlage der Stapelläufe zersägen. Sie waren oft öl- und wassergetränkt und zäh. Regelmäßig gab mein kaum vorhandener Bizeps auf, und Vater musste die Säge eine Zeit lang allein betätigen. Aber die Mühe lohnte sich für die Familie, trug doch das Holz erheblich dazu bei, die kalten Monate in der Wohnung zu überstehen.

Zum Tagesablauf gehörten meine regelmäßigen Aufgaben wie Küche ausfegen, Asche in die Aschkästen ausleeren, Kohlen, Holz und Kartoffeln aus dem Keller holen und ab und zu einkaufen gehen. Im September bestimmte die Vorsorge für den Spätherbst und den Winter das Leben in der Küche. Vater schleppte riesige Mengen an Erntegut aus dem Garten an. Bereits im Sommer waren die frühen Früchte wie Erdbeeren, Kirschen, Beeren und Gemüse wie Gurken und Bohnen eingeweckt worden. Im Herbst mussten aber noch Äpfel, Birnen und Pflaumen verarbeitet werden. Sie wurden eingeweckt, zu Marmelade verkocht oder dem Rumtopf zugefügt.

Sauerkraut wurde in einem großen Steinguttopf in der Speisekammer gelagert. Eingelegte Senf- und Gewürzgurken und Säfte aus Äpfeln und Beeren sollten dazu beitragen, den Speiseplan in den nächsten Monaten zu bereichern und Mutters Haushaltskasse zu entlasten. Das Ganze war eine Plackerei: die Weckgläser und Gummiringe mussten aus dem Keller heraufgeschleppt und dann steril gemacht werden. Der Einwecktopf stand ständig auf dem Herd, was die Temperatur in der Küche auf den Siedepunkt brachte. Wir kochten ja mit offener Flamme, das bedeutete in den Sommer- und Frühherbstmonaten trotz offener Fenster große Hitze in der Küche, obwohl noch gar nicht geheizt wurde. Wenn das Einwecken beendet war, wurden die vollen Gläser wieder aus dem 3. Stockerk zurück in den Keller zu den anderen Vorräten geschleppt.

Zum Herbst verschoben sich für uns Kinder die Aufgaben und Beschäftigungen innerhalb der Familie. Da ich vormittags Schulunterricht hatte, wurde Gerd jetzt öfter zum Einkaufen geschickt. Er schaffte es sehr schnell, seinem chaotischen Ruf alle Ehre zu machen. Sein Auftrag lautete, Milch von Erna Puck zu holen. Sie pumpte 1½ Liter Milch in die Milchkanne und setzte den Deckel drauf. Gerd trug die Kanne am Henkel vor die Tür und begann, die Kanne herum zu schleudern. Von seinen Geschwistern hatte er gehört, dass die Milch dabei wegen der Fliehkraft nicht auslaufen konnte, und das musste er unbedingt testen. Leider hielt die Henkelhalterung der Belastung nicht Stand ... Die fliegende Kanne richtete zwar keinen Schaden an, aber Mutters Hand hinterließ bei Gerd wegen der verschütteten Milch schon ihre Spuren. Die Äpfel in Kaufmann Rohardts Garten gegenüber und die Walnüsse am Baum vor dem Thaulow-Museum Ecke Herzog-Friedrich-Straße/Sophienblatt waren vor uns nicht sicher. Der Walnussbaum stand dort, wo im heutigen SOPHIENHOF im HOLSTENTÖRN, dem Übergang zum Kaufhaus, die Gedenkplakette des Geburtshauses von Detlev von Liliencron angebracht ist. Obwohl Otto Rohardt etwas gegen Apfelklauen hatte und der Museumshausmeister etwas gegen Walnussklauen, kamen wir mit Penetranz und Ablenkungsmanövern meistens zu unserem Recht.

Otto Rohardt konnten wir immer ablenken. Hinter seinem kriegszerstörten Haus mit dem Laden hatte er noch eine Art Remise und einen Stall, in dem er „angebissene" Ferkel großzog und mästete. Er fuhr ja zum Einkaufen über Land und brachte dann von den Bauern jedes Jahr das eine oder andere von der Muttersau gebissene Ferkel mit. Er war dankbar, wenn wir Kinder regelmäßig unsere Küchenabfälle wie Kartoffelschalen und Obst- und Gemüsereste bei ihm im Laden abgaben. Dafür bekamen wir dann immer „eine Tüte Hau-mich-blau", wie er sagte. Das bedeutete, man durfte einmal in ein Bonscherglas mit „Goldnüssen" oder „Sauren" greifen. Aber wenn Otto durch die Türglocke hinter die Ladentheke gerufen wurde, war der Apfelgarten unbewacht und konnte gefahrlos zum Apfelklauen betreten werden. Ärger gab es nur, wenn Otto von seiner Frau beim Ladendienst abgelöst wurde. Aber auch das Risiko gingen wir ein, denn wir waren schnell, und der Zaun stellte in unserer Jugend mit einer „Fechterflanke" kein Hindernis dar.

Ein besonderer Höhepunkt im Herbst war der Jahrmarkt auf dem Wilhelmplatz. Er fiel ja auch mit meinem Geburtstag im Oktober zusammen, wodurch ich ein paar Groschen mehr für Karussell, drei Pferdebratwürstchen und Salmilollis in der Tasche hatte. Meinen Geburtstag habe ich meistens mit zwei bis drei Kindern aus dem Bermudadreieck gefeiert. Es gab Saft und „Schwarzen Peter", den Kuchen aus Keksen und Kakaofett. Bei gutem Wetter spielten wir dann im Hof, aber meistens wurde mein Geburtstag bei uns in der Küche gefeiert mit Spielen wie Blindekuh, Topfschlagen, Hütchenspiel und dem Kartenspiel Schwarzer Peter. Aufgrund des schlechteren Wetters fanden viele unserer Aktivitäten jetzt mehr drinnen statt. Mit Kreide malte ich Straßen auf den Küchenfußboden und ließ dann meine wenigen Wiking-Autos darauf fahren. Diese Plastikautos kaufte ich von meinem Taschengeld in einem kleinen Spielzeugladen im Kellergeschoss in der Ringstraße oder wünschte sie mir zum Geburtstag. Ein einfaches Automodell kostete 50 Pfennige, ein aufwendigeres, offenes Cabrio oder ein Wagen mit Ladefläche auch mal 1,– DM.

Meine Brüder und ich haben auch viel gebastelt, natürlich kam je nach Alter Unterschiedliches dabei heraus. Peter baute sich in seinem Lehrbetrieb ein Katapult, das er mit einer Kugellagerkugel bestückte. Vom Fenster unserer Wohnung aus über das Trümmergelände hinweg durchschlug sie das Küchenfenster einer ca. 100 m entfernten Wohnung! Dort fand die Polizei die Kugel auf dem Küchentisch und konnte aufgrund des Durchschusswinkels sehr schnell ermitteln, aus welcher Wohnung sie abgeschossen wurde. Mein Vater konnte dann allerdings beim Geschädigten erreichen, dass keine Anzeige erstattet wurde, und die Polizei beließ es bei dem Tatbestand des groben Unfugs und der Sachbeschädigung. Die Basteleien von Gerd und mir waren harmloser. Zusammen mit Bernd, dem Freund und späteren Ehemann meiner Schwester Ingrid, baute ich ein Segelboot, das während der Kieler Woche an der Modellbootregatta auf dem Kleinen Kiel teil nahm. Bernd brachte mir mühsam das Werken bei. Er musste viel Geduld aufbringen, denn ich neigte dazu, bei Problemen schnell die Flinte ins Korn zu werfen. Doch er hatte Erfolg. Aus dünnen Leisten, buntem Drachenpapier und Wasserglas, einem speziellen flüssigen Klebstoff, konnte ich mir schließlich Drachen und Schwalben bauen.

Der Herbst war die Zeit des Drachensteigens, was in den 50ern auch in der Innenstadt problemlos möglich war. Es gab genug freie Trümmerflächen, und Sicherheitsbedenken wegen des Flugverkehrs waren noch kein Thema. Beim Drachenbauen und Steigenlassen konnten wir unserer Phantasie freien Lauf lassen. Hilfreich waren auch die Bastelbücher aus der Stadtbücherei, dort war ich ja inzwischen Stammgast. Die Anleitung für den großen Kastendrachen war schon kompliziert, und wegen des Materialaufwandes wurden meine Ersparnisse arg strapaziert. Aber der Erfolg entschädigte mich für alles. Der Drachen hatte wahnsinnig viel Zug und stieg in große Höhe, entsprechend reißfest musste die Schnur sein. Wir ließen den Drachen auf dem Spielplatzgelände gegenüber steigen, schickten Zettel mit Nachrichten über die Schnur nach oben und banden ihn abends am Fußballtor fest.

Dann konnte ich nachts sehen, wie die kleine elektrische Birne im Inneren leuchtete. Ich hatte eine Blockbatterie mit einer stabilen Leiste des Drachens verbunden und an den beiden Blechlippen der Batterie eine kleine Glühbirne befestigt. Auf das Ergebnis war ich sehr stolz. Allerdings musste ich in aller Frühe aufstehen, um den Drachen vor fremdem Zugriff zu sichern. Neider gab es schließlich genug.

Im Herbst musste ich meine griechische Landschildkröte winterfest machen, bevor sie in einer Kiste zum Winterschlaf in den Keller kam. Der Panzer und die Beine wurden mit reichlich Speiseöl eingerieben, damit sie nicht austrocknete. Frischer Torfmull und eine Schüssel mit Wasser in der Kiste sorgten für ihr Wohlbefinden während der Überwinterung. Mein Kanarienvogel Susi, den mir Frau Bethke aus dem Parterre geschenkt hatte, bekam jetzt auch mehr Aufmerksamkeit. Während des Sommers hatte ich den Käfig doch ab und zu etwas vernachlässigt. Sonntags vormittags gingen wir jetzt ab und zu in die Kinos in der Kirchhofallee und in der Eckernförder Straße, im Sommer hatten wir ja andere Interessen gehabt. Allerdings schmälerten die Kinobesuche auch sehr unsere Ersparnisse, es sei denn, Vater sponserte unsere „Wohnungs-Abwesenheit". Das Kinoprogramm bestand meist aus Märchen oder „Abenteuer mit Fuzzi", dem Westernhelden.

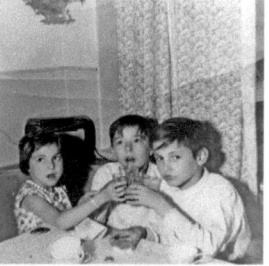

Zeit der Familienfeiern: links Ingrids Konfirmation, in der Mitte Ingrid und mein Vater vor Prüne 10 + 12 in Festtagskleidung, rechts Ute, Gerd und ich beim Prosten wie die Großen   *Abb. 33+ 34 + 35*

Herbstzeit war auch Feierzeit, die Tage wurden ja kürzer und die Abende entsprechend länger. Zudem hatten meine Eltern am 5. Oktober Hochzeitstag und ich am 6. Oktober Geburtstag.

Und obwohl Anfang der 50er das Geld knapp war, wurde viel gefeiert. Die Menschen hatten in diesen Jahren einen hohen Nachholbedarf, wie Vater immer sagte. Zu Geburtstagen, Taufen und Hochzeitstagen wurden viele Verwandte und Freunde eingeladen. Johannisbeerwein, Aufgesetzter und Schwarzgebrannter vom Kuckucksberg waren ja immer vorrätig. Die Männer tranken meistens Bier und Schnaps, die Frauen überwiegend Johannisbeerwein oder Bowle. Im Spätherbst kam auch der Rumtopf auf den Tisch.

In den späten 50ern wurde der Getränkevorrat von Bernd, Ingrids Freund, entscheidend erweitert. Als Lehrling einer Elektrofirma war er in der Spirituosenfabrik Fritz Lehment beim Einbau neuer Elektro-Anlagen eingesetzt. Dort erhielt er nicht nur Deputate, sondern auch Sonderpreise beim Einkauf von „Schwarzer Kater" und anderen Erzeugnissen der Firma. „Eckes Edelkirsch" und selbst hergestellter Eierlikör wurden bei einer dieser Feiern Gerd und Ute zum Verhängnis. Die Feier fand im Wohnzimmer statt, und als meine Mutter wieder einmal schmutziges Geschirr in die Küche brachte, wunderte sie sich über die beiden lustigen Kinder. Die hatten die benutzten Likörschalen im Spülstein entdeckt und die Reste ausgeleckt ... für die beiden endete der Abend früh im Bett.

Im Herbst wurden den Bürgern öfter Stapelläufe auf den Werften geboten. Bei diesem Spektakel rutschten die großen Schiffe mit dem Heck zuerst in die Förde. Auf der Gaardener Werft verliefen die Stapelläufe allerdings anders. Dort an der „Hörn" war die Förde sehr schmal, und die Schiffe mussten seitlich zu Wasser gelassen werden. Sie rutschten über die Backbord- oder Steuerbordseite stark schwankend ins Wasser und kamen fast sofort zum Stehen. So drohte keine Gefahr, dass sie ins gegenüberliegende Ufer rauschten. Stapelläufe waren auch immer ein Anlass zum Feiern. Die an der Fertigstellung der Schiffe beteiligten Werftarbeiter und gelegentlich auch ihre Frauen wurden zu Veranstaltungen auf der Werft eingeladen. Gutes Essen, Getränke und sogar Tanz boten auch meiner Mutter auf diese Weise gelegentlich Abwechslung.

Skatabende der Männer und Handarbeiten der Frauen wie Stricken und Häkeln fanden ab Herbst auch wieder öfter statt. Es wurde ja draußen oft ungemütlich und früh dunkel.

Die finanzielle Erholungslage unserer Familie wurde 1956 durch den großen Metallarbeiterstreik unterbrochen. Am 24.10. traten 18.000 Metallarbeiter in 15 schleswig-holsteinischen Betrieben in den Ausstand, im Januar 1957 nahmen sogar

Metallarbeiter vertreten ihre Meinung beim Streik 1956/57 vor dem Gewerkschaftshaus in der Legienstraße Abb. 036

mehr als 34.000 Beschäftigte der Metallindustrie am Streik teil. Zu diesen Betrieben gehörte federführend auch die Kieler Werft, bei der Vater arbeitete. Er war solidarisch, obwohl ihm die Entscheidung zu streiken schwer fiel. Schließlich hatte er eine Familie, für die er sorgen musste. Da Vater während seiner beruflichen Entwicklung einige Rückschläge durch Wirtschaftskrise, Krieg, Währungsreform und Arbeitslosigkeit hinnehmen musste, war er erst vor kurzem auf einen grünen Zweig gekommen. Anfang der 1930er hatte er im Alter von 15 Jahren bei einem Geschäftsfreund seines Vaters in der Nähe von Baden-Baden eine kaufmännische Ausbildung absolviert. Sein Vater Bruno betrieb damals in Waldenburg ein Tabakwarengeschäft mit Zigarrenfabrikation. Vater wurde wehrpflichtiger Soldat und arbeitete dann bis zum Kriegsbeginn als Kontorist und Kaufmann. 1937 - 1939 schulte er auf der GERMANIA-Werft in Kiel um zum Kupferschmied und arbeitete dort als „unabkömmlicher Zivilist" im U-Boot-Bau. Erst am 9.2.1944 wurde er zur Wehrmacht einberufen und diente in Hamburg während der Bombardierung im Heimatschutz.

Bei Kriegsende arbeitslos, hatte er von 1946 - 1948 nur zeitlich befristete Aushilfstätigkeiten bei verschiedenen Firmen. Am 23.7.1948 bekam er dann endlich Arbeit als Kupferschmied bei der Howaldtswerke AG.

Der längste Streik in der BRD dauerte 16 Wochen und sollte die Arbeiter mit den Angestellten gleichstellen. Gefordert wurde voller Lohn bei Krankheit und 18 Tage Urlaub bei einer 6-Tage-Woche. Damals verdiente ein verheirateter Arbeiter mit zwei Kindern monatlich 406,80 DM brutto = 350,30 DM netto. Bei Krankheit gab es drei Tage gar keinen Lohn, danach neun Tage lang ein Haushaltsgeld in Höhe von insgesamt 58,86 DM und 16 Tage Krankengeld in Höhe von 116,32 DM, das ergab bei 28 Krankheitstagen nur insgesamt 175,18 DM. Davon konnte keine vierköpfige Familie leben!

Während des Streiks, der ja auch über die teuren Wintermonate anhielt, bekam Vater durch die Unterstützung der Gewerkschaft und andere Spenden annähernd den ursprünglichen Nettolohn, was uns aus der Notlage half. Die Fronten waren lange verhärtet. Die Streitparteien wurden sogar vom Bundeskanzler Adenauer zu Schlichtungsgesprächen empfangen. Mit dem Tarifabschluss im Februar 1957 verbesserte sich die Lage der Arbeiter dann gravierend, da sie nun im Krankheitsfall besser abgesichert waren und ihnen mehr Urlaubstage zustanden. Der Streik und die Ergebnisse waren wegweisend für die künftigen arbeitsrechtlichen Regelungen und verbesserten die gesellschaftliche Stellung der Arbeiterfamilien erheblich. Ein später erlassenes Bundesgesetz manifestierte die neuen Regelungen. Die restlichen Monate ab Februar 1957 waren für unsere Familie dann schon wieder freundlicher und heller.

WINTER in den 50ern

Alle Kinder hatten Spaß bei Schneeballschlacht und Co.

Abb. 037

Wann begann der Winter in der Prüne in den 50ern? Erheblich früher als heute! Frost und Schnee im Oktober waren keine Seltenheit, und im Winter gab es eigentlich immer Eis und Schnee. Es musste rechtzeitig für den Winter vorgesorgt werden. Nicht nur das Einlagern von Kartoffeln, Holz und Kohlen und das Einwecken von Obst und Gemüse im Herbst waren wichtig, es musste auch an die Winterkleidung gedacht werden. Es war selbstverständlich, dass die Schuhe, Hosen, Jacken und Mäntel der Kinder von den größeren an die kleineren weitergegeben wurden. Dabei war es unerheblich, ob es sich um Mädchen- oder Jungenkleidung handelte. So trug Ute natürlich die Sachen von Gerd aus dem letzten Jahr. Aber nicht alles ließ sich weitergeben und auftragen. Ich hatte das Glück, dass mein Bruder Peter sieben Jahre älter war und das Abgelegte in der Regel für mich nicht in Frage kam.

Mutter ging mit Vater oder Oma Selma meist ab Anfang November auf Einkaufstour. Sie schauten nicht nur nach Kleidung für sich und die Kinder, sondern besorgten auch schon Zutaten für die Weihnachtsbäckerei und Weihnachtsgeschenke. Das Kaufhaus KARSTADT am Alten Markt wurde im Krieg stark zerstört und war in den ersten Nachkriegsjahren nur im hinteren Bereich zur Eggerstedtstraße hin verkaufsbereit. Von der Holstenstraße aus erreichte man die Verkaufsräume nur über eine Holzbrücke, die über das Loch im zerstörten Untergeschoss führte. Nach dem Wiederaufbau und der Renovierung war KARSTADT dann das erste Gebäude in Kiel mit Rolltreppen, einer technischen Errungenschaft, die Mutter und Oma Selma natürlich noch nicht kannten. Bisher kannten wir ja nur den ersten Fahrstuhl im ersten „Hochhaus" Kiels am Knooper Weg/Exer und die Paternoster im Rathaus, in denen wir Kinder zum Leidwesen der Hausmeister gerne ausgiebige Fahrten unternahmen. Mutter und Oma Selma tasteten sich also vorsichtig auf die Rolltreppe, um in die Abteilung für Kinderbekleidung im zweiten Stockwerk zu fahren. Oma mit ihrem fülligen Leib voran, und meine Mutter dicht hinter ihr. Als sich die erste Stufe der Rolltreppe nach oben hob, bekam Oma Rücklage und riss Mutter mit hinunter.

Unten lagen dann beide wie die Maikäfer auf dem Rücken, erst mit schmerzverzerrten Gesichtern, dann lachend über die groteske Situation. Erst nach einer kleinen Ewigkeit konnte dann ein KARSTADT-Mitarbeiter per Nothalteknopf die Rolltreppe anhalten. Jedes Mal, wenn ein Kind ein an diesem Tag gekauftes Kleidungsstück trug, ließ die Erinnerung Mutter und Oma wieder losprusten.

Während der Einkaufstouren in der Stadt stöberte ich gerne durch die interessanten Geschäfte wie JOHANNSEN & SCHMIELAU am Alten Markt oder LEOPOLD in der Holstenstraße. Dort konnte man in den Spielwarenabteilungen und in den

Einkaufsmeile Holstenstraße 1959 – damals schon links das Fachgeschäft WMF   Abb. 038

Bastelecken schon einmal etwas für den Weihnachtswunschzettel aussuchen. Wir wussten zwar, dass es für jeden meistens nur ein Spielzeug gab, aber wünschen konnte man sich ja trotzdem mehr. Informationen über neues Spielzeug waren nicht einfach zu bekommen, denn es gab keine Kataloge oder Werbung, die ins Haus kam. Im oberen Stockwerk bei JOHANNSEN & SCHMIELAU konnten wir mit sehnsüchtigen Blicken die MÄRKLIN-Eisenbahnanlage und die SIKU- und WIKING-Autos anschauen, vielleicht ging ja der eine oder andere Weihnachtswunsch in Erfüllung.

Während Mutter nach neuer Kleidung Ausschau hielt, versuchte mein Vater, die alten Kinderschuhe wieder aufzumöbeln. Er besaß richtiges Schusterwerkzeug. Die Schuhe stülpte er über ein Eisendreibein, den sogenannten Dreifuß, und klebte oder hämmerte lose Sohlen wieder fest.

Wenn die Lederschuhe noch in Ordnung und nur die Sohlen nicht mehr zu retten waren, wurde als letztes Mittel eine neue Sohle aus einem Fahrradmantel oder Autoreifen geschnitten und am Schuh befestigt. Wenn mein Vater noch „gute" Stiefel nicht selbst reparieren wollte, wurden sie zum Schuster Kernspecht gebracht. Dessen relativ große Werkstatt befand sich bis zum Abriss des Thaulow-Museums und des „Alten Landeskellers" in einer Stichstraße des Ziegelteichs vor der MERCEDES-BENZ-Niederlassung. Die Ausgaben für den Schuster schmerzten Vater allerdings immer sehr.

Je näher Weihnachten rückte, desto interessanter und aufregender wurde es für uns Kinder. Auch das Verhalten unserer Eltern trug dazu bei. Meine Mutter ging freitags vor Vaters Feierabend bei anbrechender Dunkelheit zum Dampferanleger oder zur Straßenbahnhaltestelle am Bahnhof. Dort traf sie sich mit Vater, um gemeinsam einzukaufen. Lebensmittel und Backzutaten gab es bei COOP am Sophienblatt, andere Artikel – auch schon für Weihnachten – konnten sie auf dem Rückweg in der Holstenstraße kaufen. Schwer bepackt kamen sie uns dann im Dunkeln in der Prüne entgegen.Wir spielten noch draußen und waren natürlich neugierig. Doch die Taschen waren meistens gut verschlossen, und wir konnten nichts Interessantes entdecken. Mutter meinte dann, wir sollten nicht in die Taschen, sondern auf den abendlichen Himmel über der EICHE-Brauerei gucken. „Da backen die Engel für Weihnachten Kekse und Plätzchen", sagte sie, wenn der Himmel am Horizont nach dem Sonnenuntergang dunkelrot leuchtete. Und wie mir scheint, war es damals viel häufiger so. Wenn es nicht regnete und noch kein Schnee lag, beschränkten sich meine Aktivitäten an der frischen Luft auf Fußballspielen oder Kantsteinwerfen. Dabei stand auf jeder Fahrbahnseite der Prüne ein Junge. Mit einem Ball versuchte dann jeder Spieler, den gegenüber liegenden Kantstein zu treffen. Wenn der Ball dann von der Kante zum Werfer zurück sprang, bekam dieser einen Punkt. Wer zuerst zehn Punkte erreicht hatte, war Sieger. Dieses Spiel konnte man in den 50ern noch auf der Straße spielen, denn der Verkehr war trotz der anliegenden Firmen und Geschäfte überschaubar.

Bei Dunkelheit am späten Nachmittag und abends spielten wir bis zum Abendbrot oder samstags bis zum *„Raufkommen, baden!"* „Verstecken" oder „Räuber und Gendarm". Beliebt waren auch die Klingelstreiche, es wurde nie langweilig. Regnerische Tage überbrückten wir dann mit Lesen und Gesellschaftsspielen.

Alte Wollsachen wurden von meiner Mutter „aufgeribbelt". Auf diese Art und Weise konnte sie die Wollfäden der alten Kleidungsstücke wieder für Strick- und Häkelwolle für neue Kleidungsstücke verwenden. Oft half ich Mutter dabei, die losen Fäden über ein Brett zu wickeln, anzufeuchten und so zu glätten. Nach dem Trocknen wurden die glatten Wollfäden zu einem Knäuel aufgewickelt. Abgerissene Fäden wurden einfach verknotet, was aber bei Mutters Geschick nach der Verarbeitung zu einem Strumpf oder Pullover nie zu sehen war. So lag dann manch alter Pullover als neues Kleidungsstück verarbeitet am Heiligen Abend erneut unter dem Tannenbaum.

Normalerweise gab es keine Weihnachtsfeiern. Allerdings wurde vom Betriebsrat oder dem Werftsozialwerk für die Kinder der Werftarbeiter jährlich eine Weihnachtsfeier mit Weihnachtsmann und kleinen Geschenken organisiert. Im Gewerkschaftshaus in der Legienstraße war dann der Saal gut gefüllt, weil auch immer ein Elternteil anwesend sein durfte. Bei heißer Schokolade und Keksen wurden Weihnachtsgeschichten vorgelesen und gemeinsam Weihnachtslieder gesungen. Für mich war das immer ein besonderes Erlebnis.

Die größte Aufmerksamkeit in der Vorweihnachtszeit wurde aber dem Stollenbacken gewidmet. Meine Mutter stammte ja aus Thüringen, und der echte Dresdner Stollen war für sie Ehrensache. Es war Tradition, den Verwandten in der DDR, der Deutschen Demokratischen Republik, zu Weihnachten Pakete mit Lebensmitteln und „Luxusgütern" zu schicken. Das waren unter anderem echter Bohnenkaffee, Schwarzer Tee, Kakao, Schokolade, West-Zigaretten, Tabak, Nylonstrümpfe und Mutters Dresdner Stollen. Taschenlampenbatterien wurden auch immer benötigt.

Fast die gesamte Verwandtschaft meiner Mutter war nach dem Krieg in der DDR geblieben. Ihre Eltern, drei Brüder und drei Schwestern mit Familien und weitere Verwandte lebten noch in Ostdeutschland.

Viele Pakete waren also zu packen und viele Stollen zu backen. Das Ersparte wurde dadurch erheblich geschröpft, denn allein das Porto war nicht unerheblich. Vater hatte aber pro Paket ein DM-Limit ausgegeben, das meine Mutter nicht überschreiten durfte. Die vielfältigen Zutaten für die Stollen waren hochwertig und ebenfalls teuer: Butter, Zucker, Mehl, Milch, Hefe, Mandeln, Rosinen, Korinthen, Sukkade, Zitrone, Orangeat, Aromen und Gewürze. Bereits im November wurden bis zu 15 Stollen hergestellt, damit sie bis zum Versand noch etwas trockener und somit leichter wurden. Die erforderliche Stollenmenge war aber zu viel für unseren Küchenbackofen. Außerdem brauchten die Stollen eine konstante Temperatur beim Backen. Abgedeckt mit Küchentüchern transportierten wir sie also mit dem Handwagen zum Bäcker in der Eckernförder Straße gegenüber vom Central-Kino. Wenn wir die Stollen dann am nächsten Tag wieder abholten, bezahlten wir dem Bäcker ein paar Mark für seinen Aufwand. Wir zahlten für das Backen ungefähr 16 Pfennige für ein Kilogramm Stollenteig.

1951: In der Holstenstraße fuhr die Straßenbahn! Unverkennbar die Schienen rechts   *Abb.039*

Im Geschäft nebenan kaufte meine Mutter noch ein paar Nylonstrümpfe für die weiblichen Verwandten. Dort konnte man für einen Groschen auch defekte Nylonstrümpfe reparieren lassen.

Laufmaschen, die bei dem empfindlichen Material schnell auftraten, wurden wieder „aufgenommen", und der Strumpf war wie neu. Weggeworfen wurde damals kaum etwas, obwohl von Umweltbelastung und Umweltschutz noch keine Rede war.

In der Mitte des Bildes die hohe Kanzel des Verkehrspolizisten, Kreuzung Ziegelteich Abb. 040

Die Vorweihnachtszeit in Kiel war ansonsten ziemlich stressfrei. Es gab keine Weihnachtsmärkte. Nur einige Buden mit Zuckerwerk und Kleinkunst standen auf dem Trümmergelände am Stresemannplatz/Andreas-Gayk-Straße. Für weitere Buden war gar kein Platz in der Innenstadt, denn über den Holstenplatz, durch die Holstenstraße, über den Alten Markt und am Rathausplatz fuhren Straßenbahnen. Gegenüber der Buden thronte an der Ecke Stresemannplatz/Ziegelteich oben in einer Kanzel ein Verkehrspolizist und regelte den Verkehr, indem er die ersten Verkehrsampeln in Kiel mit der Hand steuerte. Weitere Ampeln gab es noch nicht. In der Zeit vor Weihnachten allerdings stieg er aus seiner Kanzel und stellte sich auf ein Podest mitten auf der Kreuzung und regelte dort den Verkehr. Autofahrer reichten ihm dann im Vorbeifahren aus den Autofenstern Päckchen und Pakete mit Geschenken, um sich für seinen Einsatz zu bedanken.

An vielen Ecken wurden Weihnachtsbäume angeboten. Da wir und viele andere Bürger kein Auto besaßen, wurde der Weihnachtsbaum an der Ecke gekauft. Mein Vater schaffte es regelmäßig, am Heiligen Abend beschwipst vom Weihnachtsbier auf der Werft erst gegen Mittag einen Baum zu besorgen.

Er meinte, dass die Bäume dann billiger seien. Das stimmte zwar, dafür waren es aber oft auch Krüppel. Wenn er dann so einen Baum angeschleppt hatte, konnte er aber sehr geschickt die Mängel kaschieren. Mit einem Bohrer brachte er zusätzlich mitgebrachte Zweige an und konnte so alle Lücken verdecken.

Wenn Weihnachten vor der Tür stand, überprüfte mein Vater die Getränkevorräte. Reichten der Selbstgebrannte und der Aufgesetzte? Mussten zum Johannisbeerwein noch Schaumwein und andere Getränke gekauft werden? Denn Weih-

Mein Vater (hinten, 2. von re.) feiert mit seinen Kollegen Heiligabend auf der Werft   Abb. 041

nachten und Silvester war die Bude bei Gebauer immer brechend voll. Oma Selma und Opa Bruno waren Weihnachten sowieso immer bei uns, und Silvester stießen oft noch Arbeitskollegen von Vater dazu. Für uns Kinder waren Gäste immer von Vorteil. Manche Tafel „KARINA-Schokolade" wurde uns von „Tante Mende" zugesteckt, und auch Opa Bruno ließ sich nicht lumpen. Oma Selma durfte das natürlich nicht mitbekommen.

Die Weihnachtsgedichte und die Lieder für das „Rummelpottlaufen" lernte ich abends vor dem Zubettgehen und dem Einschlafen. Im Traum verarbeitete ich die Texte und konnte sie am nächsten Morgen auswendig. Dieses Lernverhalten wendete ich auch in der Schule und im späteren Leben an. Rummelpott war für meine Schwester Ingrid und mich sehr einträglich. Vor Weihnachten zogen wir abends durch die Mietshäuser, Ingrid verkleidet als großer Engel mit angenähten weißen Gänseflügeln auf dem Rücken und ich als kleiner Engel mit angenähten weißen Entenflügeln.

Mit zuckersüßen Stimmen sangen wir Weihnachtslieder an den Haustüren oder sagten Gedichte auf. Unser Jutesack, den ich trug, war nach kurzer Zeit immer gut gefüllt mit Süßigkeiten, Nüssen, Äpfeln und Keksen. Ab und zu bekam ich Streicheleinheiten über meinen Kopf und meine Wangen, und es fiel auch mancher Groschen in den Sack. Es war dann für uns schon wie Weihnachten. Obwohl die „Rummelpott-Kekse" unserer Mutter einiges an Keksebacken ersparte, lief der Backofen weiterhin auf Hochtouren, und den Duft von den mit rotem Saft oder Kakao eingefärbten Kokosflocken habe ich heute noch in der Nase.

Der Heilige Abend und die Weihnachtsfeiertage liefen bei uns immer traditionell ab. Die Großeltern kamen mit einem Geflügel für den Weihnachtsbraten in die Prüne. Im Wohnzimmer, das für uns Kinder gesperrt war, hatte mein Vater inzwischen den Krüppel-Weihnachtsbaum mit zusätzlichen Zweigen präpariert und anschließend geschmückt. Mutter kochte Grünkohl und bereitete die bunten Teller vor. Die kleineren Geschwister machten noch einen Mittagsschlaf, damit sie abends besser durchhielten. Danach aßen wir alle gemeinsam in der Küche. Anschließend ging mein Vater ins Wohnzimmer, um den Bollerofen anzuheizen.

Dann wurde die Familie in die Stube gerufen und bestaunte den geschmückten Weihnachtsbaum. Die Fichte (Nordmanntannen gab es noch nicht) war mit echten Kerzen bestückt und mit Baumschmuck versehen, den wir Kinder selbst gebastelt hatten. Im Baum hingen Strohsterne, Glanzpapierketten in Gold und Silber und natürlich die im Krieg noch geretteten Weihnachtskugeln der Eltern aus dem Erz- und Riesengebirge.

Heiligabend 1957 in der Prüne Abb.042

Wegen der echten Kerzen achteten unsere Eltern immer sehr darauf, dass wir genug Abstand vom Baum hielten. Es klingelte an der Haustür. Vater sagte mit ehrfürchtiger Stimme: „Der Weihnachtsmann!" Welcher Nachbar, Freund oder Kollege musste dieses Jahr herhalten? Die kleine Stube war mit neun Personen, dem Weihnachtsbaum und dem Weihnachtsmann übervoll. Vom Bollerofen neben der Zimmertür musste ja auch genug Abstand gehalten werden. Jedes Kind zwängte sich zum Weihnachtsmann durch, um ein Gedicht aufzusagen. Der kam in seinem roten Wollmantel und mit Bart und Mütze in der Nähe der Kerzen und des Ofens schnell ins Schwitzen. Mein Vater bemerkte es dann als Erster: Brandgeruch! Alle anderen Anwesenden waren entweder abgelenkt oder zu aufgeregt. „Weihnachtsmann, du hast dir den Hintern verbrannt", sagte Vater ganz ruhig ohne Panik und zog den Mann vom Ofen weg. Ein brauner, versengter Fleck hinten am Mantel war das Ergebnis. Die beiden verschwanden danach in der Küche, um auf den Schrecken einen zu nehmen – und dann noch geheimnisvoll einige Zeit dort zu verbringen. Die Bescherung war vorbei. Meistens erhielten alle Anwesenden etwas von Mutters Strickwaren. Es gab auch einmal ein Tipp-Kick-Spiel und ein Schuco-Auto, aber diesmal? Gerd und ich wurden in die Küche gerufen, und dort gab es für uns eine Riesenüberraschung: in der Zwischenzeit hatte Vater zusammen mit dem Weihnachtsmann auf dem Küchentisch ein Gleis-Oval aufgebaut, und darauf fuhren eine MÄRKLIN-Tenderlok und zwei Güter- und zwei Personenwagen! Gerd und ich waren begeistert! Sofort machten wir uns daran, über den Trafo, die zwei Handweichen und das Ausweichgleis den Zugverkehr zu regeln. Der Abend war für uns gerettet!

Auf den bunten Tellern der Kinder lag neben Nüssen, einer Orange, Äpfeln und Schokoriegeln auch eine kleine Dose Kondensmilch. Alle Kinder waren ja wie versessen auf diese etwas gesüßte und fettere Dosenmilch, die in den letzten Jahren immer in den CARE-Paketen enthalten war.

Am ersten Weihnachtstag, wenn Mutter und Oma Selma nach einem späten Frühstück am Küchentisch das Festessen vorbereiteten, spielten wir Kinder in der guten Stube mit unseren Weihnachtsgeschenken. Ich hatte meinen Vater zum Tipp-Kick-Spiel herausgefordert. Er saß mir gegenüber an der Stirnseite des gekachelten Stubentisches auf einem der neuen Cocktailsessel. Mit dem roten und dem gelben Spieler kickten wir den Spielball hin und her. Als er das zehnte Tor zum Sieg schoss, riss er vor Freude die Arme hoch, sprang auf und fiel dann in den Sessel zurück. Leider spreizten sich die schräg gestellten Beine des Sessels, und Vater landete unsanft auf dem Hintern. Damit war bis zum Mittagessen das Spielen mit ihm vorbei. Mit Werkzeug, Leim und Schrauben aus dem Keller reparierte er schnell den Schaden, um Mutter keine Gelegenheit zum Schimpfen zu geben. Wir Kinder mussten natürlich Stillschweigen bewahren.

Nach Weihnachten montierten Vater, Gerd und ich eine größere Eisenbahnanlage auf eine Spanplatte. Wir hatten von unserem Taschengeld die Gleisanlage noch erweitert und Bausätze mit FALLER-Häusern erworben. Die Plastikhäuser und den Bahnhof klebten wir in den nächsten Tagen mit Eifer zusammen und Vater versprach, die Anlage im nächsten Herbst mit einer Lichtanlage zur Beleuchtung der Häuser und Straßenlampen zu versehen. Auch ein Gebirge aus Kaninchendraht und in Leim eingeweichten Zeitungen wurde geplant, und alles sollte dann mit verschiedenen Farbpulvern und Sägegranulat bestreut werden.

Das Ergebnis sah dann total echt aus. Der Nachteil dieser größeren Anlage war aber, dass der Küchentisch während der Spieldauer immer besetzt war. Später wurde das Problem mit einem Wandschrank im Flur gelöst, aus dem die Platte mit Scharnieren herausgeklappt werden konnte.

Das Jahr endete immer mit einer lustigen Silvesterfeier bei Gebauers. Vorher versuchten wir jüngeren Kinder die älteren Geschwister oder Eltern zu überreden, Knaller für uns zu kaufen.

Silvester in der Prüne 12 – der Weihnachtsbaum steht zum Jahreswechsel 1957/58
immer noch bei meinen Eltern   Abb. 43 + 44

Wir erhielten in der Drogerie ja nur Knallerbsen, Wunderkerzen und Tischfeuerwerk. Manchmal konnten wir unserem Bruder Peter Knallfrösche, Knallteppiche oder gar einen Kracher abluchsen. Nach Einbruch der Dunkelheit trafen wir uns dann, um die Knaller – unbemerkt vom Schutzmann – anzuzünden. Polizisten patrouillierten bereits ab Silvestermittag durch die Straßen, um uns Kinder davon abzuhalten. Trotzdem ging mancher Knaller in einem gut hallenden Treppenhaus oder Außenbriefkasten hoch.

Spätestens Neujahr wurde der Weihnachtsbaum „geplündert". Nach dem Abschmücken der Kerzen, Kugeln und Basteleien durften wir uns über die Schoko- und Fondantkringel am Baum hermachen. Der Christbaumschmuck wurde wieder in die Kartons gepackt und in den Keller gebracht. Den Baum schnitt Vater in ofengerechte Stücke und verbrannte diese nach und nach. Nur die obere Zweigetage wurde noch gebraucht, denn daraus stellte er jedes Jahr einen neuen Küchenquirl her. Die entrindete Baumspitze ergab den Stiel und die gekürzten Zweige am Zweigkranz die Quirl-Finger. Der Vorjahresquirl hatte ausgedient und landete dann im Bollerofen.

Die folgenden Wintermonate waren teils ungemütlich und teils gemütlich. Schnee und Eis gab es jedes Jahr genug. Der Schnee reichte immer zum Schlittenfahren, zum Bau von Schneehöhlen und Iglus und für Schneeballschlachten gegen verfeindete Straßenbanden.

Unsere Eltern warnten uns immer davor, dass die Schneehöhlen einstürzen und uns begraben könnten, wenn wir es uns darin mit brennender Kerze gemütlich machten, aber es passierte Gott sei Dank nichts. Manchmal gingen unsere Eltern oder die älteren Geschwister mit uns zum Schlittenfahren auf die Krusenkoppel im Düsternbrooker Gehölz. Oder wir fuhren mit dem einzigen Oberleitungsbus in Richtung Toweddern und besuchten Oma und Opa. Mit diesem Bus fuhren meine Großeltern auch, wenn sie mal „nach Kiel in die Stadt" wollten. Von der Haltestelle an der Preetzer Chaussee in Elmschenhagen ging es erstmal mit den Schlitten bergab am „Zigeunerlager" vorbei und dann wieder hinauf auf den Kuckucksberg, wo es viele Rodelmöglichkeiten gab. Schlittschuhe hatten wir nicht, obwohl die gefrorenen Wasserflächen der vielen Teiche, Seen und des Kleinen Kiels zum Schlittschuhlaufen einluden. Selbst die Hörn und die Förde hatten häufig Eisgang oder waren zugefroren. Meistens begnügten wir uns mit dem Hang, der vom Gelände der EICHE-Brauerei über die Weberstraße bis zum Schülperbaum verlief.

Bei Frost wurde er präpariert und eine Hackerbahn hergerichtet. Der Schnee wurde 50 cm breit festgetreten und mit Wasser übergossen, das wir eimerweise aus der Waschküche holten. Diese viele Meter lange Rutschbahn gefror dann über Nacht, und an den nächsten Tagen hatten wir dort unseren Spaß. Mit Anlauf konnte man stehend, sitzend oder auf dem Bauch liegend den Hang hinunter bis zur Weberstraße rutschen.

Schneeballschlacht mit Nachbarskindern. *In der Mitte ich und Ute*   *Abb.045*

Rodeln war sogar noch über die Weberstraße hinaus bis zum Schülperbaum möglich, da die Straße nicht geräumt wurde und der Verkehr sich noch in Grenzen hielt. Ergebnis dieser winterlichen Spiele waren immer die Eisklumpen an der Baumwollkleidung und den wollenen Fäustlingen. Die Finger waren taub, Schuhe oder Stiefel durchnässt und die Ohren trotz Pudelmütze „abgefroren". Wenn wir dann nach Hause in die Wärme kamen und das Blut wieder durch die Adern unserer Hände zirkulierte, kribbelten diese schmerzhaft „wie tausend Ameisen". Zur Entschädigung verwöhnte Mutter uns dann mit Bratäpfeln oder selbstgemachten Bonschern.

Gerd und ich sonntags in der Küche auf der Eckbank beim Briefmarkensammeln, re. Ute   *Abb. 046*

Bei schlechtem Wetter machten wir es uns am Wochenende auf der Kücheneckbank mit einem Buch in der Hand bequem und verfolgten im Radio Fußballübertragungen von Oberligaspielen. Kurt Brumme oder Harry Valerien kommentierten mit viel Engagement die Spiele von Holstein Kiel gegen St. Pauli und HSV, Altona 93, Werder Bremen, Göttingen, Hildesheim und andere. Es wurde auch im Winter auf Schnee mit einem roten Lederball gespielt, Weicheier gab es nicht! Wenn dann die Märchenstunde mit „Onkel Eduard" und seiner sonoren Stimme im Radio folgte, wurde es besonders gemütlich.

Wenn das Wetter es zuließ, musste ich sonntags nach dem Frühstück mit Vater in den Schrebergarten, um Vogelfutter auszulegen und Meisenringe aufzuhängen. Einen Winter lang hatte ich ja auch noch die Tauben zu versorgen.

Ab und zu nahm mein Vater mich sonntags mit zur Briefmarken-tauschbörse, die einmal im Monat im Gewerkschaftshaus im Le-gienhof stattfand. Er war leidenschaftlicher Briefmarkensammler. Während der kalten Wintermonate verbrachten wir beide viele Stunden mit den Briefmarkenalben und -katalogen, und so wurde ich auch für einige Jahre zum Sammler.

Im Winter war es oft so kalt, dass innen auf den Fensterscheiben Eisblumen „blühten". Bei bedecktem Wetter tauten sie nur in der Küche nach Anheizen des Ofens ab. Dies führte dann zu Tauwas-ser, das sich in einer extra dafür vorgesehenen Rinne auf der Fen-sterbank sammelte und täglich weggewischt werden musste. Be-vor es Ostern wurde und morgens keine Eisblumen mehr auf den Fensterscheiben blühten, kam es bei den älteren Geschwistern ab und zu zum Lagerkoller, der dann in Aggressivität ausartete. Ingrid und Peter hatten sich häufig in der Wolle. Im Sommer waren es einmal die Rhabarberstangen, die an Ingrids Kopf zerbrachen und im Winter gar ein Nudelholz, das zu einer Platzwunde führte. Mut-ter versuchte alles, um uns die letzten Winterwochen angenehm zu gestalten. Die kalten Betten im ungeheizten Schlafraum der Kinder wurden mit Wärmflaschen oder im Ofen erwärmten Steinen unter der Bettdecke kuschelig angewärmt. Zur Besserung unserer Vita-min-D-Mangel-Laune trugen auch die von Mutter selbst hergestell-ten Karamell-Bonscher bei. Fett, Dosenmilch und Zucker wurden in einer Pfanne auf dem Herd erhitzt, bis der Zucker geschmolzen war und hellbraun wurde. Diese klebrige Masse goss Mutter dann auf Pergamentpapier, und nach dem Erkalten konnten wir uns die leckersten Karamellbonbons abbrechen. Mit diesen Lichtblicken kamen wir über die Winterzeit. Wenn Ostern nahte, war ja schon „Vorsommer".

VORSOMMER & FRÜHLING
in den 50ern

Der Mai ist gekommen. Am Muttertag 1952 spielen Cousine Ingeborg und ich auf dem Kuckucksberg mit dem Kätzchen

Abb. 047

Je nachdem, ob Ostern früh oder spät fiel, war entweder noch Winter oder schon Vorsommer. Das Frühjahr erkannten wir eigentlich nur an der Natur, den Blättern, Blumen und Blüten. Damals war der Mai noch Mai. „Der Mai ist gekommen, die Bäume schlagen aus" wurde gesungen, und das stimmte noch in den 50ern. Durch die relativ kalten und langen Winter schlugen die Bäume tatsächlich erst im Mai aus. Unabhängig davon war das Wetter manchmal Ende März oder Mitte April schon Kurze-Hosen-Wetter. „Zieh heute schon mal die kurzen Hosen an. Die Lederhosen! Die Sandalen passen doch noch, oder?" meinte Mutter dann. Wenn das Wetter gut schien, es aber nach meinem Empfinden noch saukalt war, wurden die Sommersachen hervorgeholt. Das sparte teure Kleidung! Besonders die Kniebereiche der langen Hosen wurden geschont.

Ostern stand vor der Tür. Einschneidende Ereignisse ebenfalls. Ingrid begann mit 16 Jahren nach Abschluss der Schule eine Lehre als Verkäuferin in einer Bäckerei in der Brunswiker Straße. Damit verbunden war auch ihr Auszug aus der Prüne. Über Beziehungen war es gelungen, für sie ein Mansardenzimmer mit Wasser und Toilette auf halber Treppe in der Herzog-Friedrich-Straße günstig anzumieten. Das bedeutete für uns mehr Platz in der Bude! Ich frage mich heute allerdings, wie das vereinbar war mit der Aufsichtspflicht meiner Eltern über eine Minderjährige, denn damals war man ja erst im Alter von 21 Jahren volljährig! Peter lernte Autoschlosser in der Adolfstraße, kam nach dreijähriger Lehre zur Bundeswehr und war dann nur noch sporadisch zu Hause. Nachdem er sich auch noch für einige Jahre beim Bund verpflichtet hatte, zog er nicht wieder in die Prüne ein. Ute hatte bis zum Auszug von Ingrid im Wohnzimmer in der Mitte des Bettsofas zwischen meinen Eltern geschlafen. Eventuell war das der Grund, dass wir nach Ute keine weiteren Geschwister bekamen ... Obwohl Mutter immer erzählte, dass sie sofort schwanger geworden sei, wenn Vater seine Unterhose über den Bettpfosten gehängt hatte – aber das Bettsofa hatte ja auch gar keine Bettpfosten ... Lassen wir das einmal unkommentiert.

Ostern war für uns Kinder ein Lichtblick und ein Vorgeschmack auf unsere Jahreszeit, den Sommer. Es ging ja gut los mit Eiersuchen im Schrebergarten oder bei meinen Großeltern auf dem Kuckucksberg. Dort gab es für den Osterhasen jede Menge Verstecke. Die Besuche dort waren auch gleichzeitig Familientreffen mit Festessen und Kuchentafel. Nur dann, wenn der Vorsommer noch nicht eingetreten war und es draußen regnete und graupelte, mussten wir die Osternester in der Wohnung suchen. Dann waren wir doch etwas enttäuscht. Aber auch dann kam die Familie bei uns zu Hause zusammen und machte gemeinsam Pläne für ein neues Jahr in Kiel, in der Prüne 12.

Hatte ich in der Prüne eine gute Kindheit?
Diese Erzählung beende ich mit den Worten:

„Ohne Worte!"

EPILOG

Wohin führte mich der Weg
aus meiner Kindheit?

Anfang der 1960er Jahre war die Kindheit natürlich noch nicht vorbei. Inzwischen war ich 13 Jahre alt, also „Teenie". Ende der 50er wurde ich auf die 1. Knabenmittelschule in der Bergstraße umgeschult. Es blieb aber bei einer einjährigen „Stippvisite", da meine Klassenlehrerin Frau Dr. Dr. K. der Meinung war, dass ein Junge aus einer Arbeiterfamilie auf der weiterführenden Schule nichts zu suchen hatte. Obwohl meine große Schwester Ingrid sich sehr für mich einsetzte und sich mit meiner Lehrerin fürchterlich in die Haare bekam, verhinderte das nicht meinen Abgang von der Schule. Keine Chance! Ich wechselte daraufhin zur Muhlius-Hauptschule in der Bergstraße, die in einem neuen Schulgebäude untergebracht war. Die neuen Lehrer in meiner zweiten 5. Klasse waren wirklich klasse! Ich musste mich zwar eingewöhnen, kannte aber bereits einige Klassenkameraden. Sie teilten das gleiche Schicksal mit mir! Mein erster Klassenlehrer stand kurz vor der Pension. Eines Morgens brachte er ganz begeistert die erste Plastiktüte seines Lebens mit, die er für 1,- DM auf der Haushaltswarenausstellung in der Ostseehalle erstanden hatte. Dieser Plastikbrotbeutel mit Kordelverschluss schwabbelt bestimmt heute noch in irgendwo im Weltmeer herum.

Der nachfolgende Klassenlehrer Fritz Weßling brachte mir eine sehr umfassende Allgemeinbildung in allen Fächern bei. Er war ehemaliger Handballspieler der Bundesliga-Mannschaft THW Kiel und der Nationalmannschaft. Bei ihm lernte ich viele verschiedene Sportarten wie z.B. Schwimmen, Geräteturnen und Handball. Begeistert nahm ich an der Handball AG teil, spielte in der Schulmannschaft und in der Vereinsmannschaft von Holstein Kiel. Auch die Projektarbeit in Arbeitsgruppen wie z.B. Fotolabor und Werken förderte mich enorm in einer nur dreizehnköpfigen Übergangsklasse. Der Erfolg war ein Abschlusszeugnis mit einem Notendurchschnitt von 1,7.

Anschließend besuchte ich die Abend-Realschule in der Bergstraße und absolvierte gleichzeitig eine Lehre zum Verwaltungsangestellten bei einer Schleswig-Holsteinischen Landesbehörde. Nach mehr als 45 Dienstjahren ging ich als Dezernent im höheren Dienst in den Ruhestand. „Frau Dr. Dr. K., auch aus Arbeiterkindern kann etwas werden!", hatte meine Schwester Ingrid damals also ganz richtig gesagt.

Geschult durch meinen Werklehrer, meinen Schwager Bernd und meinen Vater konnte ich auf meinem weiteren Lebensweg fast alle handwerklichen und gärtnerischen Arbeiten selbst erledigen. Die dreieinhalb Jahre auf der Abendschule (montags bis freitags von 18.00 - 21.30 Uhr) waren sehr hart, da gleichzeitig meine Ausbildung im Amt sowie Lehrgänge und Berufsschule stattfanden. Diese Zeit wurde aber ab 1966 durch meine Freundin Helga „versüßt". Das erste Mal hatten wir uns bereits im Januar 1965 auf einer gemeinsamen Klassenfahrt im Schullandheim St. Andreasberg im Harz gesehen. Dort lernte ich nicht nur Skilaufen bei Fritz Weßling, sondern auch Mitschülerinnen von Helga kennen. Es waren ca. 30 Mädchen der Carl-Loewe-Mittelschule, die uns 13 Jungen aus meiner Klasse sehr interessierten. Also, das Verhältnis stimmte und lenkte mich damals wohl von Helga ab.

Als wir uns dann das zweite Mal über den Weg liefen, hatte es zwischen uns gefunkt. Beim Tanzen in der ersten Kieler Discothek, dem LOLLIPOP, hat sie mich mit allen weiblichen Mitteln „verführt" (so meine Version). Wir trafen uns dann öfter samstags am Vormittag in der Innenstadt, um mit anderen Jugendlichen in der Holstenstraße zu „gammeln". Das war „in" und bedeutete, dass wir die Fußgängerzone rauf und runter bummelten. Rund um die damals noch sehr belebte Einkaufsstraße existierten mehrere Kaufhäuser und viele unterschiedliche Geschäfte. Neben den Kaufhäusern KARSTADT, HERTIE, DEFAKA, KEPA, WEIPERT, WOOLWORTH und C&A gab es diverse Fachgeschäfte für Mode und Textilien, Schuhe und Lederwaren, Medien und Elektronik, Fotografie, Schreibwaren, Spielzeug, Uhren und Schmuck, Porzellan, Tabakwaren, Bücher, Drogeriebedarf, Delikatessen und vieles mehr.

Mehrere Schnellimbisse und Cafés, ein Eissalon und einige Möbelgeschäfte und Kinos in den Nebenstraßen rundeten das Angebot ab. In dieser interessanten Innenstadt ging man gerne bummeln und einkaufen. Auch Großeinkäufe mit dem Auto waren kein Problem, denn es gab noch genug kostenfreie Parkmöglichkeiten. Tagsüber war also die Holstenstraße der Treffpunkt für die Kieler Jugend und abends trafen wir uns um 20 Uhr in der Discothek LOLLIPOP in der Holtenauer Straße. Für die Eintrittsgebühr von 1,– DM erhielten wir einen Verzehrgutschein, mit dem wir uns z.B. ein Glas Tonic Water bestellen konnten. Damit kamen wir den ganzen Abend aus, denn wir waren nur auf der Tanzfläche und rockten (oder schmusten) zur Musik der Beatles und Rolling Stones. Kurz vor 22 Uhr kam dann vom DJ die Durchsage, dass Jugendliche unter 21 Jahren die Disco leider verlassen müssten, denn damals war man erst mit 21 Jahren volljährig. Da die Polizei auch öfter zur Kontrolle vorbei kam, machten wir uns schweren Herzens völlig durchgeschwitzt auf den Nachhauseweg. Der führte die Holtenauer Straße hinunter von der Wik bis zur Feldstraße. Dort lieferte ich meine Freundin unter viel Geknutsche ab und ging dann weiter bis zur Damperhofstraße, das bedeutete insgesamt eine dreiviertel Stunde Fußweg (was macht man nicht alles, wenn man verliebt ist!).

Während meiner Schulzeit war unsere noch fünfköpfige Familie in die Damperhofstraße 17 in eine 2½-Zimmer-Wohnung mit Badezimmer umgezogen. Gerd und ich schliefen im kleinen Zimmer auf einer Klappcouch, meine jüngere Schwester Ute im Wohnzimmer auf einem Schlafsofa und meine Eltern im Schlafzimmer im Ehebett. Welch ein Raumluxus! Wenn es nach Familienfeierlichkeiten bei uns für Helga zu spät war, um nach Hause zu gehen, schlief sie zwischen Gerd und mir auf der Couch. Meine Eltern waren schon immer tolerant und ihrer Zeit voraus. Allerdings war es nicht ganz ungefährlich für sie, denn nach dem sogenannten „Kuppelparagrafen" war es für die Erziehungsberechtigten strafbar, Minderjährigen unbeaufsichtigt die „Gelegenheit zu sexuellen Handlungen" zu geben! Und es gab ja auch noch Nachbarn, die petzen konnten.

Inzwischen war ich auch Helgas Eltern Hermann und Anni vorgestellt worden. Die Wochenenden verbrachten wir häufig gemeinsam in deren Wochenendhaus am Langsee bei Kosel mit Rudern, Schwimmen, Angeln und Canasta Spielen. Bei der Gartenarbeit auf dem ca. 3.000 qm großen Grundstück konnte ich Helgas Vater mit meinen handwerklichen und gärtnerischen Fähigkeiten sehr beeindrucken. Ich wurde gern in die Familie aufgenommen und als „Sohn" akzeptiert.

Finanziell konnte ich allerdings keine großen Sprünge machen. Im ersten Lehrjahr gab es 90,– DM Ausbildungsvergütung und danach bis zum Ende des dritten Lehrjahrs nur unwesentlich mehr. Davon blieben mir nur 30,– DM zur Verfügung, denn 30,– DM musste ich zu Hause als Kostgeld abgeben und 30,– DM auf ein staatlich gefördertes Prämiensparkonto einzahlen. Darauf hatte mein Vater bestanden. Aber als Nachkriegskind der 50er-Jahre wusste ich natürlich, wie man sein Budget aufbessert. Das Arbeitsamt vermittelte mir an Wochenenden Arbeit als Tagelöhner beim Rübenhacken und Erdbeerpflücken, dafür erhielt ich pro Tag 30,– DM. Gemeinsam mit Helga tapezierte ich Wohnungen im Bekannten- und Kollegenkreis und verdiente 100,– DM pro Zimmer.

Im Jahr 1968 machte ich meinen Realschulabschluss und meinen Lehrabschluss und wurde dann am 3.1.1969 als Wehrpflichtiger für 18 Monate zur Bundesmarine eingezogen. Nach der Grundausbildung und Funker-Fachvorausbildung in Eckernförde verlobte ich mich am 29.3.1969 mit Helga. Dann folgten der Gastenlehrgang an der Fernmeldeschule in Flensburg-Mürwik, Baubelehrung auf dem Troßschiff „Steigerwald" auf der Werft BLOHM & VOSS in Hamburg, Rollenfahrten auf dem Schiff und Dienst in der Fernmeldegruppe 11 in Flensburg-Meierwik. Im Juni 1970 war ich wieder Zivilist. Die negativen Ereignisse während meiner Marinezeit habe ich vergessen, die positiven lasse ich mal weg, denn das wäre Stoff für eine weitere Erzählung.

Wir mussten dann am 6. November 1970 heiraten! Aber nur, weil wir eine Wohnung in Aussicht hatten, aber die konnten wir nur dann mieten, wenn wir verheiratet waren!

Bisher hatte ich Helga immer nach Feierabend von ihrer Arbeit bei der DEUTSCHE BANK abgeholt, und dann gingen wir mal irgendwo ein Bier trinken oder landeten bei unseren Eltern. Darauf hatten wir keine Lust mehr und sehnten uns nach einem eigenen Heim. In der Wohnung in der Gravelottestraße wohnten wir dann ca. vier Jahre. Sie befand sich im 4. Stock in einem Altbau, und wir hatten alles selbst renoviert. Die überwiegend neue Einrichtung konnten wir von unseren vor Jahren abgeschlossenen Sparverträgen bar bezahlen.

Wir arbeiteten beide, verdienten unser Geld und planten für die Zukunft. 1972 holten wir endlich unsere „Hochzeitsreise" nach. Mit einem Bus des Unternehmens „FEIERABEND-REISEN" ging es nach Bad Goisern in Österreich, und obwohl die Mitfahrer überwiegend ältere Leute waren, hatten wir viel Spaß. Das „Urlaubsmitbringsel" war dann unsere Tochter Nicole, die am 20.03.1973 zur Welt kam. Es war das Jahr der Öl- und Energiekrise, die sich bei den Heizkosten in dem Altbau ohne Wärmedämmung und mit Einfachverglasung erheblich bemerkbar machte. Außerdem war die Wohnung durch die Lage am Westring sehr laut. Da wir auch weiteren Nachwuchs planten, suchten wir etwas „Eigenes" und wurden schnell fündig: im November 1974 zogen wir in eine schöne, neue 4-Zimmer-Eigentumswohnung in der Rendsburger Landstraße 101E. Spontan hatten wir uns in ein finanzielles Abenteuer gestürzt.

Wegen Tochter Nicole arbeitete Helga vorerst nicht, und als unser Sohn Dennis am 21. März 1976 geboren wurde, blieb sie weitere drei Jahre zu Hause. Während dieser finanziell engen Zeit wurde mir ein Nebenjob angeboten. Bei freier Zeiteinteilung konnte ich einen großen Garten in einer Wohnanlage im Heikendorfer Stinnespark pflegen und dadurch mein Einkommen deutlich aufbessern. Nachdem Helga auch wieder anfing zu arbeiten (in Teilzeit bei der MERCEDES-BENZ-Niederlassung in Wittland), ging es finanziell wieder bergauf. Auch bei mir ging es bergauf mit schnellem, beruflichem Erfolg.

Endlich konnten wir Urlaube machen und unseren Hobbies wie Tennis und anderem Sport nachgehen. In der Eigentumsanlage wuchsen unsere Kinder in den 70er Jahren wie ich in den 50er Jahren mit vielen, vielen anderen Kindern in einer tollen Gemeinschaft auf.

Im Laufe der Zeit zogen dann immer mehr Familien mit ihren Kindern weg. Als unsere Kinder 10 und 13 Jahre alt waren und kaum noch Gleichaltrige dort wohnten, suchten wir für uns ein eigenes Haus mit Garten, das wir durch Zufall fanden. Wir waren zwischenzeitlich in den THW e.V. eingetreten und saßen nach dem Vereinssport beim Bierchen am Tresen des Vereinsheimes. Dort erhielten wir dann vom Wirt den Hinweis, dass das Haus in der Pestalozzistraße 64 verkauft werden sollte. Mit einem Tauschvertrag gaben wir unsere Wohnung in Zahlung, und nach erfolgreicher Rest-Finanzierung und Renovierung konnten wir am 25.4.1986 (Helgas Geburtstag) in unser Haus einziehen. Für uns ging ein Traum in Erfüllung: Tür auf, raus in den Garten oder auf die Terrasse! Seitdem genießen wir die schöne Zeit in Hassee bis heute. Osterfeuer in unserem Garten mit vielen Gästen, Treffen mit Sportfreunden und Feiern im Freundes- und Familienkreis lassen keine Langeweile aufkommen.

Seit 1999 bzw. 2005 organisierten Helga und ich während unserer ehrenamtlichen Tätigkeit im Vorstand des THW e. V. viele Feste und Veranstaltungen, u. a. auch zusammen mit der Siedlergemeinschaft. Die „Schwarz-Weißen-Nächte" im Vereinsheim, die Waldfeste und die Fußballübertragungen im Festzelt sind nur einige Beispiele. Aus Altersgründen beendeten wir schließlich 2020 unsere Tätigkeit im Verein, sind sportlich aber noch weiterhin im THW aktiv. Aus unseren Berufen sind wir bereits vorher ausgeschieden. Ich ging 2007 nach über 20 Jahren als Dezernent und Haushaltsbeauftragter in Führungsposition beim Land Schleswig-Holstein in den Vorruhestand. Helga verabschiedete sich 2009 als PKW-Disponentin in verantwortlicher Tätigkeit bei DAIMLER vorzeitig in Rente.

Wir genießen unseren Ruhestand mit Strandurlauben, Kreuzfahrten und Zusammenkünften mit unseren vielen Freunden, Bekannten und Familienangehörigen. Unsere Kinder haben gesicherte Berufe und eigene Familien und Bindungen. Unsere Tochter wohnt mit ihrem Lebensgefährten leider etwas weiter entfernt in Berlin, wir halten aber regelmäßig Kontakt. Eine besondere Freude macht uns unsere Enkelin Ayleen, die mit ihren Eltern nur wenige Meter von uns entfernt wohnt. Und hier schließt sich der Kreis: Ungewöhnlich für diese Zeit, kann sie ihre Freizeit in grüner Umgebung mit vielen Kindern aus der Siedlung verbringen und unbeschwert in diesen 20er Jahren eines neuen Jahrhunderts aufwachsen.

Für mich hat sich die Prophezeiung meines Konfirmationsspruches vom 14. März 1965 erfüllt:

> „Der in euch angefangen hat das gute Werk,
> der wird es auch vollführen."

Darauf will ich, wollen wir auch weiterhin für alle Menschen hoffen.

Jürgen Gebauer, Kiel-Hassee im Februar 2022

GLOSSAR

Alter Landeskeller

Der „Alte Landeskeller" war ein Gasthaus im Nebengebäude des Thaulow-Museums zwischen Herzog-Friedrich-Straße, Ziegelteich und Sophienblatt. Dort steht heute das Kaufhaus GALERIA KARSTADT KAUFHOF. Erkennbares Überbleibsel aus der Zeit vor dem Bau des Kaufhauses ist die große Platane vor dem Eingang am Ziegelteich.

Ausgebombt

Unsere Eltern wurden in Kiel mindestens zweimal durch Bombentreffer wohnungslos. Als die Wohngebäude während der Bombennächte zerstört wurden, konnten die Bewohner in Luftschutzkeller oder Luftschutzbunker flüchten und dort überleben. Die Kinder wurden abends angezogen in die Betten gelegt, damit sie bei Fliegeralarm schneller in die Schutzräume laufen konnten. Als interne Flüchtlinge wurden ausgebombte Familien und auch Kinder ohne ihre Eltern durch die Kinderlandverschickung auf dem Land in abgelegenen Dörfern untergebracht.

Bahnhofsmission

Die Bahnhofsmission wurde 1894 gegründet und wird gemeinsam von den kirchlichen Organisationen sowie von deren Unterorganisationen betrieben. Heute hat sich die ursprüngliche Aufgabenstellung verändert. Allgemeine Hilfen für Reisende, insbesondere für ältere Menschen und für Kinder und Jugendliche werden angeboten. Auch Arbeitslose, Aussiedler, Flüchtlinge und Asylbewerber werden vermehrt unterstützt.

Bandnudeln / Frische Suppe

Eine besondere Spezialität meiner Mutter war u.a. die „Frische Suppe", die aus Markknochen und Suppenfleisch und mit viel frischem Gartengemüse gekocht wurde. Als Einlage kamen Bandnudeln hinein. Der Nudelteig wurde in der Küche ausgerollt und zum Trocknen über eine gespannte Wäscheleine gehängt. Wenn die Teigfladen die richtige Konsistenz hatten, schnitt Mutter sie von Hand in dünne, ca. 1 cm breite Streifen, die dann kurz in der Suppe gekocht wurden. Lecker!

Barackenräumprogramm
Siehe „Marshallplan"

Bermudadreieck
Auch „Teufelsdreieck" genannt, ist an sich ein Seegebiet im Atlantik, das für das Verschwinden von Schiffen, Flugzeugen und Schiffbrüchigen sowie für Unfälle verantwortlich gemacht wird. Dort herrscht angeblich Chaos. So stellte sich wohl die Situation in unserem „Bermudadreieck" an der Prüne dar. Es verschwanden zwar keine Kinder, aber gelegentlich gab es mysteriöse Ereignisse, und es herrschte manchmal ein geordnetes Chaos.

Blaue Linie
Die Schifffahrtslinien auf der Kieler Förde waren im 19. und 20. Jahrhundert die Schwarze (1887), die Weiße (1905) und die Blaue Linie (um 1900). Sie waren nach den Farben des Rumpfanstriches benannt. Durch die Industrialisierung und die Entstehung großer Werften auf dem Ostufer wurden in der zweiten Hälfte des 19. Jahrhunderts viel mehr und größere Dampfer für die Werftarbeiter und Berufspendler benötigt. Die Blaue Linie des Reeders Christian Hansen verkehrte auf der Strecke vom Seegarten nach Neumühlen-Dietrichsdorf und wurde als letzte private Passagierlinie im Jahre 1965 in die KVAG eingegliedert. Die Verbindungen sind einer ständigen Diskussion unterworfen. Durch die Ansiedlung der Fachhochschule in Dietrichsdorf besteht erneut erhöhter Bedarf an einer ständigen Pendelverbindung für die Studenten und Mitarbeiter vom Westufer nach Dietrichsdorf.

Bollerofen

Der Ofen war damals in allen Wohnungen vorhanden und wurde mit festen Brennstoffen wie Holz, Koks, Steinkohle, Eierkohle oder Brikett beheizt. Zentral- oder Fernheizungen gab es nicht. Er besaß einen Brennraum mit Ofenklappe, darunter einen Aschekasten. Das Gehäuse bestand häufig aus Gusseisen oder Stahlblech, teilweise mit Schamotteauskleidung. Es gab auch Modelle, die oben eine Warmhalteplatte oder ein Warmhaltefach hatten. Das Rauchgasrohr aus Blech wurde von der Ofenrückseite möglichst lang nach oben in den Schornstein geführt, um die Rohrhitze auch zur Wärmeabgabe zu nutzen.

CARE-Pakete

CARE-Pakete waren Nahrungsmittelpakete, die nach dem Ende des 2. Weltkrieges im Rahmen von amerikanischen Hilfsprogrammen nach Deutschland/Europa verschickt wurden. 100 Millionen Pakete wurden in Europa verteilt. Der Inhalt bestand vorwiegend aus Fleischkonserven, Trockenobst, Schmalz, Zucker, Mehl, Schokolade und Kaffee. Der hohe Gehalt an Fett und Kohlehydraten ergab einen Gesamtnährwert von etwa 40.000 Kilokalorien. Heute ist CARE eine der größten Hilfsorganisationen der Welt.

EICHE-Brauerei

Die „Brauerei zur Eiche" in der Prüne, Stadtteil Exerzierplatz, gegr. 1871, übernahm nach dem 1. Weltkrieg weitere Braukontingente verschiedener Kieler Brauereien, zum Beispiel von der "Kieler Actienbrauerei". Die Gebäude wurden im 2. Weltkrieg stark zerstört und teilweise moderner wieder aufgebaut. Nach dem 100jährigen Bestehen 1971 erfolgte die Verschmelzung mit der "Berliner Kindl Brauerei" und nach Weiterführung als Zweigniederlassung dann 1979 die Stilllegung. Die relativ neu erstellten Brauereigebäude wurden zwecks Erstellung einer großen Wohnanlage abgerissen. Dort lebte Mutter im Seniorendomizil „Zur Eiche" in einer betreuten Wohnung.

Elmschenhagen

Elmschenhagen ist ein Stadtteil im Südosten Kiels. Von der Bushaltestelle Preetzer Straße erreichte man zu Fuß den Kuckucksberg, wo ich geboren wurde und mit meiner Familie bis zum Umzug in die Prüne gewohnt habe.

Exer

Der Exerzierplatz, genannt „Exer", ist ein Kieler Stadtteil, aber auch ein Platz, der bis heute zweimal in der Woche einen Wochenmarkt beherbergt, ansonsten dient er als großer Parkplatz. Von 1744 bis 1846 wurde der Platz von dänischen und preußischen Garnisonstruppen zum Exerzieren genutzt. 1904 erfolgte die Verlegung des Wochenmarktes von der Altstadt auf den „Exer".

Fechterflanke

Flanke seitlich über ein Hindernis in den Stand, bei der man sich nur mit einem Arm abstützt. Kann auch als Fechterkehre ausgeführt werden.

Fensterkitt

Die Konsistenz von Fensterkitt ist mit der von Knetgummi zu vergleichen. Er muss gegen Austrocknung in einem luftdicht verschlossenen Behälter gelagert werden. Leinölkitt besteht aus Schlämmkreide und Leinöl und wird vorwiegend zum Abdichten beim Einsetzen von einfach verglasten Fensterscheiben verwendet. Der Kitt härtet an der Luft durch Oxidation aus und wird nach Jahren spröde. Dadurch werden die Fenster undicht, und der Kitt muss dann erneuert werden. Heute wird er fast nur noch beim traditionellen Handwerk und bei der Verglasung von antiken Möbeln verwendet.

Flak

Flugabwehrkanonen und die dazu errichteten Flakstellungen wurden an den Rändern der Großstädte errichtet, um im 2. Weltkrieg die anfliegenden Bomber der Alliierten abzuwehren. Das gelang aber trotz der über 10.000 Kanonen im Reich nicht zufriedenstellend. Das zeigen noch heute die Bilder der zerbombten Städte.

Flüchtlingslager und Vertriebenenlager

In Kiel gab es zwischen 1945 und 1966 über 47 Lager zur Unterbringung der Vertriebenen und geflüchteten Bevölkerung aus den Ostgebieten. Aufgrund des hohen Zerstörungsgrades der Stadt Kiel herrschte ein erheblicher Mangel an Wohnraum. Mehr als 70 % des Vorkriegswohnraums war zerstört. Von den 1948 in Kiel wohnenden 235.629 Personen waren 34.637 Flüchtlinge, wovon 8.798 Menschen in Lagern untergebracht waren. Der von der Militärregierung zugebilligte Wohnraum von 4 qm/Person konnte häufig nicht zur Verfügung gestellt werden. Die Lager trugen aber erheblich zu einer bescheidenen Unterbringung bei. Trotzdem erfroren in den harten Nachkriegswintern noch viele Menschen in den schlecht isolierten Lagergebäuden bei extremen Temperaturen und wenig Heizmaterial.

Förde

Die Förde ist eine weit ins Flachland eindringende, lang gestreckte Meeresbucht. Sie wurde während der Eiszeit von einer landwärts wandernden Gletscherzunge gegraben. Nach Abschmelzen des Gletschers blieb die Vertiefung im Meer und an den Seiten zurück. Am Ende der Förde hatte die Endmoräne des Gletschers Hügel aus Geröll und Sandmassen gebildet, das heutige Vieburger Gehölz mit dem Hornheimer Riegel. Die Seitenmoränen bildeten das Düsternbrooker Gehölz und Kitzeberg usw. Der Begriff "Fjord" ist die skandinavische Variante des deutschen Wortes „Förde".

Gaarden

Gaarden ist der Stadtteil Kiels, der sich vom Süden der Förde östlich erstreckt. Er war Standort der GERMANIAwerft und ist um 1900 explosionsartig entstanden. Erst durch den Bau des Kaiser-Wilhelm-Kanals, den Ausbau Kiels zum Kriegshafen und den Kriegsschiffbau auf der GERMANIA-Werft wurde das Ostufer der Kieler Förde besiedelt. Zuvor gab es dort lediglich Fischersiedlungen und landwirtschaftliche Betriebe. Besonders für die Marineangehörigen und die Werftarbeiter wurde Wohnraum geschaffen. Im 2. Weltkrieg wurden Gaarden und die anderen östlichen Stadtteile durch die Luftangriffe besonders in Mitleidenschaft gezogen, weil sich dort die wichtigen Rüstungsbetriebe und die Werften (u.a. mit dem U-Bootbau) befanden.

Gaykwald, Andreas Gayk

Andreas Gayk war Bürgermeister und kurz danach der zweite Oberbürgermeister der Stadt Kiel nach dem 2. Weltkrieg. Er übernahm als Bürgermeister das Amt für Stadtplanung und Wiederaufbau. Er verhinderte teilweise die von der britischen Besatzung geplante Demontage der Industrieanlagen auf dem Ostufer und forcierte die Aufräumarbeiten. Geräumte Trümmerflächen, die nicht sofort bebaut werden konnten, wurden nach seiner Idee mit schnell wachsenden Bäumen bepflanzt. Noch heute gibt es Reste der kleinen sogenannten Gaykwäldchen. Auch die Neuauflage der KIELER WOCHE ist ihm zu verdanken.

GERMANIA-Werft

Die Kieler GERMANIA-Werft war die erste deutsche Werft, die in größerem Umfang U-Boote am Ostufer der Hörn im Ortsteil Gaarden-Ost baute. Seit Ende des 19. Jahrhunderts war sie eine der bedeutendsten Auftragnehmer der Kaiserlichen Marine und ab 1935 der Kriegsmarine. Ende des 2. Weltkrieges wurden die Anlagen demontiert und das Unternehmen aufgelöst. Ein kleiner Teil des Geländes wird heute von THYSSENKRUPP MARINE SYSTEMS (früher HDW) eingenommen. Auf dem Areal der ehemaligen Hellingen befindet sich heute der Norwegenkai.

Gössel
Gössel ist der norddeutsche Begriff für Gänseküken.

GOLIATH/TEMPO
Die Kleintransporter GOLIATH und TEMPO waren in den 50ern die prägenden Fahrzeuge der Kleinunternehmer und Händler. Sie hatten die Pferdewagen abgelöst. Die Dreiradfahrzeuge hatten eine Zuladung von ca. 750 Kilo, ca. 13 PS bei 400 ccm Hubraum und erreichten eine Höchstgeschwindigkeit von ca. 60 Stundenkilometer.

Groschen
Das 10-Pfennigstück wurde zu DM-Zeiten Groschen genannt. 10 x 10 Pfennige (Groschen) waren 1,– Deutsche Mark (DM). 1 Liter Milch kostete 4 Groschen, 1 kg Kartoffeln 5 Groschen und 1 Liter Benzin 6 Groschen. Ein Brötchen kostete 6 - 7 Pfennige, also ca. einen halben Groschen. Es gab 1-, 2- und 5-Pfennigstücke.

Grünkohl
An Heiligabend wurde traditionell mit der ganzen Familie Grünkohl gegessen. Der Kohl wurde am Vortag frisch in Vaters Garten gepflückt. Er hatte dann schon Frost bekommen, wodurch die damals in den Sorten noch vorhandenen Bitterstoffe verschwunden waren. In der Badewanne wurde der Kohl mehrfach gewaschen, von den Strünken befreit und gerupft. Danach kam er in den großen Einkochtopf. Nach dem Zusammenkochen wurde er grob gehackt mit Schmalz, Zwiebelwürfeln, Brühe, etwas Senf und Muskat sowie Schweinebacke, Kasseler und Kochwürsten im Kochtopf gegart. Serviert wurde der Grünkohl mit süßen Röstkartoffeln und Salzkartoffeln (extra für meine Mutter). Grünkohl und Rahmschnitzel waren Vaters Spezialitäten, sonst kochte immer meine Mutter.

Häckerle

Häckerle nach Omas Art ist eine Spezialität aus Schlesien, die meine Mutter ab und zu für Vater herstellte. Sie bestand aus Heringen (Matjes), hart gekochtem Ei, Speck, Zwiebeln, Apfel, Gewürzgurke, Kapern, Senf, Salz, Pfeffer und Dill. Ein Esslöffel Joghurt konnte beigefügt werden. Alles wurde fein gewürfelt in einer bestimmten Reihenfolge gemischt und dann zu frischem Brot oder Pellkartoffeln gegessen.

Heißmangel

An der Ecke Prüne/Sandkuhle konnte man in der Heißmangel (heute auch Bügelmaschine oder Walzbügler genannt) große Wäschestücke bügeln. In der ca. 4 Meter breiten Mangel wurden die feuchten Laken oder Tischdecken bei großer Hitze durch mehrere beheizte Rollen geschoben und mit großem Druck geglättet.

Hörn

Das letzte Stück der Kieler Förde an der Hafenspitze heißt Hörn, die den südlichen Abschluss des Hafens bildet. Die Hörnbrücke verbindet die Kieler Innenstadt mit dem Stadtteil Gaarden. Dort befinden sich der GERMANIAhafen und der Norwegenkai (früher Gelände der GERMANIA-Werft). Für die Heringe wurde dort ein Sperrgebiet als Laichgebiet ausgewiesen.

HOWALDTSWERKE

Gegründet 1838 durch August Howaldt als Eisengießerei und Dampfkesselbauanstalt. Als älteste Kieler Werft hat sie eine bewegte Geschichte. Mit über 10.000 Arbeitern zu ihrer Höchstzeit bis heute mit ca. 2.440 Mitarbeitern gehört sie als HOWALDTSWERKE DEUTSCHE WERFT AG (HDW) der Dachorganisation THYSSENKRUPP MARINE SYSTEMS an. HDW hat als einzige Werft auf dem Ostufer der Kieler Förde "überlebt".

Indsker / Indianer
"Cowboy und Indianer" war (auch dank der Karl-May-Bücher) ein beliebtes Spiel bei uns Kindern. Bei Kostümen und selbst gebastelten Holzwaffen wurde viel Phantasie an den Tag gelegt. Die Trümmergelände und die Gaykwälder waren ideales Gelände.

Kinderspiele in den 50ern
(nur einige Beispiele)
- Hinker
- Völkerball
- Wandprellen mit dem Ball (Probe)
- Länderklau mit dem Taschenmesser
- Schwenkeltau oder Springtau
- Cowboy & Indianer
- Pfennigklicker gegen die Wand
- Murmelspiel
- Verstecken

Kinderverschickung
Die Kinderverschickung war eine Maßnahme der Gesundheits- und Jugendämter. In Heimen außerhalb des Elternhauses sollten unterernährte oder mangelernährte Kinder aufgepäppelt werden. Mit Strenge und manchmal auch körperlichem Zwang wurde auf Gehorsam, penible Sauberkeit und übertriebene Pünktlichkeit geachtet. Zur Verschleierung von Umständen war es üblich, dass die Kinder vorgegebene Texte von einer Tafel auf Postkarten an die Eltern nach Hause abschreiben mussten.

Klacks
„...ist een Klacks för so`n Kieler Jung...". Textteil aus dem plattdeutschen Lied mit dem Tüddelband. Eine Kleinigkeit, problemlos für den Jungen, also ein Klacks.

Kließla mit Pflaumen

Pflaumenklöße waren eine weitere Spezialität von Mutter, wenn im Garten die Pflaumenzeit war. Die Klöße wurden "halb und halb" aus Pellkartoffelbrei und Mehl oder Grieß hergestellt. In den Teigkloß wurde eine entsteinte Pflaume gefüllt, in der ein Stück Würfelzucker steckte. Nach dem Köcheln in leichtem Salzwasser wurden die Klöße noch nass in Semmelmehl gewälzt und dann in der Pfanne mit Butter oder Margarine rundherum braun gebraten. Mit heißem Pflaumenkompott kamen 2 - 3 Klöße als Hauptmahlzeit auf den Tisch. Mein Bruder Peter schaffte einmal 14 Stück.

Kostgeld

Vom Wochenlohn des arbeitenden Ehemannes bekam die Hausfrau einen Teilbetrag als Kostgeld. Damit erledigte sie die Einkäufe von Lebensmitteln für die kommende Woche. In einem Haushaltsbuch musste sie alle gekauften Waren einzeln eintragen, um dem Ehemann den Verbleib des Kostgeldes nachzuweisen. Damals gab es keine Kassenzettel von automatischen Kassen, sondern von den Kaufleuten handgeschriebene Belege, die dem Haushaltsbuch beigefügt wurden.

Kratscher

Plattdeutsch = Krebs. Sie sind Dwarslöper, sie "löpen dwars", sie laufen also quer.

Krauter

So nannten wir die kleinen Händler von Gemischtwarengeschäften oder Marktständen. Dort gab es alles: Mausefallen, Backwaren, Konserven, frische Lebensmittel und vieles mehr.

Kuckucksberg

Der Kuckucksberg ist mit 56 m die höchste Erhebung im Südosten Kiels. Heute ist dort ein Landschaftsschutzgebiet.

Küchenherd

Küchenherde damals und heute sind nicht zu vergleichen. Damals war er ein holz- oder kohlebefeuerter Ofen in rechteckiger Form mit ca. 0,75 x 1,50 m gusseiserner Herdplatte. Die Platte war direkt über der Feuerstelle in Eisenringe aufgeteilt, die einzeln entnommen werden konnten. Die Feueröffnung konnte damit an den Durchmesser des Topfbodens angepasst werden, der sich dann direkt über dem offenen Feuer befand. Die Front war mit einer Feuer- und Aschkastenklappe versehen. Daneben befanden sich eine große Backofentür und darunter noch ein Raum zum Warmhalten von Speisen. Der Backofen bekam seine Hitze ebenfalls aus dem Feuerraum.

Lisbeth Gebauer

Fesch im Kostüm   *Abb.048*

Meine Mutter: Elisabeth Johanne Thalmann (genannt Lisbeth), wurde am 15.12.1916 in Sonneborn bei Gotha in Thüringen als ältestes von acht Kindern geboren. Nach der Schulzeit arbeitete sie als Hauswirtschafterin, später als Kaltmamsell in der Gastronomie und während des Krieges bis zu ihrer Heirat als Werknäherin. In Norddeutschland lernte sie den Marinesoldaten Werner Gebauer kennen, den sie am 5.10.1940 heiratete. Nach harten Kriegs- und Nachkriegsjahren genoss die Mutter von sieben Kindern (zwei verstarben im Säuglingsalter) das Leben erst dann richtig, als die Kinder aus dem Hause waren und ihre Migräneanfälle aufhörten. Gemeinsam mit meinem Vater unternahm sie Deutschlandreisen und Badeurlaube im Ausland. Nach Vaters frühem Tod am 28.02.1986 lebte sie lange allein in der Damperhofstraße 17. Noch bis ins hohe Alter ging sie der Gartenarbeit nach. Später lebte sie im betreuten Wohnen in der Eiche-Wohnanlage und einige Zeit im Pflegeheim. Bis zu ihrem Tod am 12.01.2013 war Mutter immer der Mittelpunkt und das Oberhaupt der Familie. Sie erreichte ihr hohes Alter von 96 Jahren bei überwiegend guter Gesundheit. Aber irgendwann wollte sie nicht mehr, wie sie einige Zeit vor ihrem Tod sagte. Für uns alle war das verständlich!

Maikäfer

Die Population der Maikäfer war von Jahr zu Jahr unterschiedlich. Es hieß, dass sie alle drei bis vier Jahre in Mengen auftreten würden. Die Larven (Engerlinge) und Puppen entwickeln sich im Erdreich innerhalb von drei Jahren. Der Käfer selbst frisst lediglich die Blätter von Laubbäumen. Aber die nach der Eiablage in Massen im Erdreich vorhandenen Engerlinge richten über Jahre großen Schaden an. Sie fressen Pflanzenwurzeln, bevorzugt von Jungpflanzen. Die Käfer selbst leben vier bis sechs Wochen. Heute sind die Maikäfer zumindest hier bei uns im Norden eher selten.

Marshallplan (Barackenräumprogramm)

Benannt nach dem damaligen US-Außenminister George C. Marshall. Der Plan war ein Wirtschaftsförderungsprogramm der USA für den Wiederaufbau Europas nach dem 2. Weltkrieg. In den Jahren bis 1952 wurden über 13 Milliarden Dollar (entspricht heute ca. 142 Milliarden) an westeuropäische Staaten in Form von Krediten, Rohstoffen, Lebensmitteln und Industriegütern gezahlt. Eine besondere Bedeutung kam in Deutschland der KREDITANSTALT FÜR WIEDERAUFBAU (KfW) zu, die im Dezember 1948 ihre Arbeit aufnahm. Sie setzt hier die Förderprogramme um und führt noch heute Programme z. B. zur Wirtschaftsförderung durch. Damals wurde auch das Barackenräumprogramm finanziert und damit Wohnraum für die in den Lagern untergebrachten Vertriebenen und Flüchtlinge geschaffen.

Müttergenesungswerk

Die 1950 von Elly Heuss-Knapp gegründete "Stiftung zur Mütter-genesung" finanzierte damals wie heute u. a. den Aufenthalt von kranken, schwachen oder erholungsbedürftigen Müttern in Kurkliniken. Das Angebot ist umfangreich und vielschichtig. Heute steht die Stiftung laut Satzung unter der Schirmherrschaft des jeweiligen Ehepartners des Bundespräsidenten bzw. der Bundespräsidentin.

Petten / Butt petten

In den Nordseeprielen befinden sich bei Ebbe neben Krabben auch Fische, die mit der Flut das offene Meer nicht erreicht hatten. Dieses Schicksal ereilt vorwiegend die Plattfische, z.B. den Butt. Sie halten sich ja hauptsächlich am Grund auf und graben sich in den Meeresboden ein. Mit nackten Füßen gehen die „Buttpetter" dann durch die Priele und versuchen, auf den im Sand liegenden Butt zu treten (petten) und ihn durch den Fußdruck festzuhalten. Der Fisch wird dann entweder mit Daumen und Zeigefinger fest hinter den Kiemen gegriffen oder mit einer Harpune aufgespießt.

Petticoat

Französisch „petit" (klein) und englisch „coat" (Umhang) war ein bauschiger, weiter Unterrock aus versteiften Perlon- und Nylon-stoffen. Unter den Röcken und Kleidern der Mädchen und jungen Frauen war er in den 50er-Jahren große Mode. Zu den Tanz-vergnügen auch im SCHIFFERER AUSSCHANK waren die Petticoats samstagabends absolute Pflicht.

Picker

Picker werden auch Murmeln, Schießer oder Marmel genannt. „Pickerspielen" ist ein in der ganzen Welt verbreitetes Kinderspiel mit unterschiedlichen Spielregeln.

Pilken, Heringe

Heringe werden nicht geangelt, sondern gepilkt. Mit einem blin-kenden und mit Haken versehenen künstlichen Köder wird der Fisch durch Auf- und Abbewegung des Blinkers zum Beißen an-gelockt. Beim Heringspilken wird ein Bleigewicht als Wurfblei oder Blinker mit Haken an das Ende der Schnur gebunden. Hinter dem Gewicht können heute bis zu fünf Haken (Vorfach) in gewis-sen Abständen angebracht werden (Paternoster). Die Schnur hat dann am Ende max. sechs Anbissstellen, die mit den blinkenden Haken von den Heringen als Köder erkannt werden. Von Land aus wird die Schnur mit dem Wurfgewicht weit ausgeworfen und dann ruckartig mit der Angel wieder eingeholt. Die zuckende Be-wegung der Schnur verleitet die Heringe zum Biss.

Pottversteck

Eine alte Blechdose (Pott) stellte das Anschlagmal dar. Zunächst wurde der Sucher ausgewählt und dann der Pott von einem der „Verstecker" möglichst weit vom Mal weggeworfen. Der Sucher musste dann den Pott holen und wieder an die Stelle des Mals stel-len. Während dieser Zeit versteckten sich alle anderen Mitspieler und der Sucher versuchte, sie zu entdecken. Wenn ein Versteck mit dem Verstecktem vom Sucher erkannt wurde, musste man den Namen des Entdeckten laut rufen und beide Spieler versuchten, als Erster am Pott zu sein. Erreichte der Sucher als Erster den Pott, rief er: „Anschlag X". Erreichte der Versteckte zuerst den Pott und be-rührte ihn mit dem Schuh, dann war er freigeschlagen. Der zuerst "Angeschlagene" war dann in der nächsten Runde der Sucher.

Prüne

Der Name leitet sich von der alten Flurbezeichnung des Stadtwaldes her (die Prien). Der Prüner Lauf entspringt in Hassee und war ursprünglich ein Bach, der später verrohrt wurde. Vom Saarviertel über Mühlendamm, IKEA-Gelände, Westring parallel zum Schützenwall, Adelheidstraße, Schaßstra-ße, Herzog-Friedrich-Straße, Schülperbaum und Walkerdamm erreichte er den Ziegelteich, der auch vom Winterbeker-Lauf gespeist wurde.

Pulen / Krabben pulen

Nachdem die Krabben gekocht sind, müssen sie von der Schale befreit werden. Man pult sie, das heißt, man entfernt mit den Fingern die Krabbenschale. Rechtshänder fassen die Krabbe mit der linken Hand mit Daumen und Zeigefinger hinter dem Kopf fest an und mit dem rechten Daumen und Zeigefinger den hinteren Teil des Körpers. Durch leichtes Drehen des Körpers bricht die Schale hinter dem Kopf, und die Schale kann an einem Teil abgezogen werden. Das dann frei liegende Fleisch wird danach vom noch anhaftenden Schalenteil entfernt. Man erhält dann bei guter Technik das gesamte innere Krabbenfleisch in einem Stück.

SCHIFFERER AUSSCHANK

Auf dem Gelände des SCHIFFERER AUSSCHANK befand sich bereits im 17. Jahrhundert eine Brauerei mit Ausspann für Kutschen und ein Schankbetrieb. Die SCHIFFERER-Brauerei befand sich am Walkerdamm gegenüber vom Bäckergang, wo heute das Hotel CONSUL steht. Sie produzierte unter verschiedenen Eigentümern bis 1922 ihr Bier. Danach wurde die Brauerei mehrfach verkauft, letztlich an die HOLSTEN-Brauerei. Der Ausschank der Brauerei war Treffpunkt für Studenten und Touristen. Nach der Zerstörung im 2. Weltkrieg wurde der SCHIFFERER AUSSCHANK 1956 wieder mit Ausschank von HOLSTEN-Bier zum Leben erweckt und danach zu einem Hotelbetrieb umgebaut. Ende der 50er fanden dort die abendlichen Tanzveranstaltungen statt, an denen die Mädchen und Frauen ihre Petticoats vorführten.

Schnellfeuerhose (Marine)

Hose des Kieler Matrosenanzuges, die keinen Hosenstall mit Knöpfen oder Reißverschluss besaß, sondern einen breiten Latz, der am Bund links und rechts mit je nur einem Knopf befestigt war. Sie wurde auch „Schnellfeuerhose" oder „Marine-Klapphose" genannt. Der Latz/die Klappe konnte schnell zu den verschiedensten Verrichtungen geöffnet werden.

Schott'sche Karre

Diese zweirädrige, hölzerne Karre konnte von Personen geschoben oder gezogen werden. Mittig an der Seite der Ladefläche befanden sich zwei große Räder. Mit zwei Holmen zum Ziehen oder zum Schieben konnte sie kippfrei abgestellt werden. Eine weitere Stütze zum Herausklappen war vorn an der Ladefläche angebracht.

Schülperbaum / schülpern

Der Straßenname Schülper ... baum ist nicht der Hinweis darauf, dass die Straße nach Schülp, dem Ort im Kreis Rendsburg-Eckernförde, führt. Das plattdeutsche Wort „schülpern" bedeutet „schwappen/überschwappen/schlittern". „Wenn dat Water an den Diek schülpert, denn is Harvst", das heißt, das unruhig gegen den Deich schlagende Wasser ist ein Zeichen für den Herbst. Der gleichnamige Schlagbaum, der dort damals in einem moorigen, glitschigen und schwappenden Gelände stand, auf dem man „schülpern" konnte, war Namensgeber.

Schwarzschlachtung / Schwarzbrennen

Da sich die Ernährungslage nach dem 2. Weltkrieg sehr verschlechterte, blühte der Schwarzhandel. Man behalf sich häufig mit dem strafbaren Schwarzschlachten von Vieh und dem Schwarzbrennen von Alkohol. Hunger ließ die Menschen fast jedes Risiko eingehen, sie wollten schließlich überleben! Wenn die Tiere zur Schlachtung angemeldet waren, wurde bei der Hausschlachtung das Gewicht zu eigenen Gunsten manipuliert. Ein weiteres, nicht gemeldetes Tier wurde einfach mitgeschlachtet. Roggen, Weizen oder die billigeren Kartoffeln wurden mittels umgebauter Wehrmachtsfeldküchen und provisorisch angefertigter Apparaturen gebrannt. Ein Zugriff auf Kupferrohre war da von Vorteil. Ein Schornstein war Voraussetzung, das Kühlen konnte auch ohne Wasseranschluss bewerkstelligt werden. Im Sommer wurde aber wegen der verräterischen Rauchentwicklung lieber nicht schwarz gebrannt.

Schwengelpumpe

Eine Pumpe, die meist im Hof oder im Garten Grundwasser oder Brunnenwasser durch Auf- und Abbewegung des Schwengels (Klöppel, beweglicher Teil der Pumpe in Form einer leicht geschwungenen Stange) zum Auslauf saugt.

Spatzen

Sperlinge werden auch Spatzen genannt. In den 50ern gab es besonders in der Nähe der EICHE-Brauerei ganze Schwärme von Vögeln, die die Straßen und Plätze bevölkerten. Sie wurden besonders von den Pferdeäppeln und dem Braugetreide angezogen, das beim Transport in die Brauerei gelegentlich für sie abfiel. In einem Schwarm befand sich damals auch ein Albino, ein weißer Spatz, der besonders auffiel. In den Gärten und in der Landwirtschaft wurden sie als Saatgutfresser und Schädlinge ungern gesehen und bekämpft.

Speisekammer

Kühlschränke gab es nicht oder sie waren noch recht selten. Der Balkon oder die Fensterbank außen dienten gelegentlich als „Kühlfach". Die in den Küchen eingebauten Speisekammern waren kleine Räume, in denen Speisen aufbewahrt wurden. In der Kammer war es etwas kühler als in der Küche, und die Speisen waren dem Zugriff von hungrigen Kindern und Schädlingen entzogen. Auf Regalen in Kisten, Tontöpfen und Körben wurden in der Kammer u.a. Gemüse, Obst, Schmalz, Eingemachtes, Eier, Brot und Räucherwaren gelagert.

St.-Jürgen Kirche

Die Kirche stand ursprünglich am Kieler Hauptbahnhof am Sophienblatt in Richtung der PROVINZIAL-Versicherungen. Sie wurde am Ende des 2. Weltkrieges total zerbombt und bis zum Neubau an der Moorteichwiese/Königsweg als Notkirche in Elmschenhagen betrieben. Dort wurde ich 1948 auch getauft, konfirmiert wurde ich aber 1965 in der neuen Kirche.

Tafel & Griffel

Mit Schiefertafel und Schiefergriffel (Milchgriffel) wurde in den ersten Schuljahren geschrieben und gerechnet. Die Schiefertafel besaß auf einer Seite Linien auf der anderen Seite Kästchen, um die Buchstaben und Zahlen in richtiger Größe und Position zu halten. Die Schrift konnte mit einem feuchten Schwamm gelöscht und die Tafel erneut beschrieben werden. Der Milchgriffel wurde aus verschiedenen pulverförmigen Materialien, z.B. Kreide, gepresst und war weich, was das Schreiben erleichterte.

Thaulow-Museum

Das Gebäude wurde 1878 durch die Provinzregierung Schleswig-Holstein gebaut. Das städtische Grundstück befand sich in der Vorstadt auf dem Gelände des inzwischen zugeschütteten Ziegelteichs. Der Altbau wurde am 5.1.1944 von Bomben zerstört und im Mai 1948 abgerissen. Der Erweiterungsbau von 1911 blieb dort bis zum Neubau des damaligen Kaufhauses HERTIE erhalten. Das Museum war ein kulturgeschichtliches und kulturgewerbliches Museum und enthielt die kunstwissenschaftliche Lehrsammlung der Christian-Albrechts-Universität zu Kiel, die Gustav-F. Thaulow, Professor an der Universität, als Stiftung zur Verfügung stellte. Das Museum war bis 1948 auch Landesmuseum, das später nach Schleswig ins Schloss Gottorf verlegt wurde.

Teppichstange / Teppichklopfer

Besonders die großen Teppiche wurden damals in Ermangelung von Staubsaugern über auf den Höfen errichteten Teppichstangen ausgeklopft und so von Sand und Staub befreit. Die Teppichstange sah wie ein ca. drei Meter breites Reck aus. Sie war aus einem verzinkten Rohr gefertigt und diente uns Kindern auch als Turngerät. Kleine Hände konnten die Stange aber kaum umfassen. Die Teppichklopfer bestanden in der Regel aus Peddigrohr mit einem geflochtenen Stiel und einer tellergroßen, geflochtenen Klopffläche.

Titscher

Kartoffelpuffer hießen bei uns „Titscher". Sie wurden aus geriebenen, rohen Kartoffeln, etwas Mehl oder zarten Haferflocken mit eingerührten Eiern und geriebenen Zwiebeln hergestellt. Sie wurden mit etwas Salz gewürzt, knusprig braun in Öl ausgebacken und mit Apfelmus serviert. Diese schmackhafte und für die Haushaltskasse günstige Mahlzeit aßen auch die Kinder gerne.

Trockenboden

Viele Mehrfamilienhäuser in den Städten besaßen und besitzen einen Trockenboden unter dem Gebäudedach. Wäschetrockner gab es damals noch nicht, und in den nassen und kalten Monaten des Jahres musste die Wäsche irgendwo trocknen. Auf den Böden wurden an die Dachbalken Haken geschraubt, an denen die Wäscheleinen befestigt wurden. Der Vorteil der nicht isolierten Dächer war, dass es auch immer Luftbewegungen gab, die die Wäsche bei Wind noch schneller trocknen ließen.

Tüdelband / Tüddelband

Das Tüd(d)elband, auch „Trünnelband" oder „Trudelband" genannt, hat zweierlei Bedeutung. Norddeutsche verstehen unter Tüd(d)elband einen nicht ordentlich aufgewickelten, „vertüddelten" Bindfaden. Vertüddeln bedeutet durcheinander bringen. „In Tüdel kommen" heißt es auch, wenn Oma ein bisschen „tüdelig" wird. In dem Lied mit dem Beginn „An de Eck steiht`n Jung mit`n Tüdelband" hat der Begriff jedoch eine ganz andere Bedeutung. Hier ist „Trünnelband" oder „Trudelband" gemeint, ein Radreifen aus Eisen, der früher die Holzreifen der Fahrzeuge oder die Fässer zusammenhielt. Dieser Reifen wurde von den Straßenjungen gerne mittels eines Stockes mit Schlägen durch die Gassen getrieben. Auf Hochdeutsch wurde er auch Trudelreifen genannt.

Wäschemangel / Wringen

Heute haben viele Haushalte eine elektrische Wäscheschleuder oder eine Waschmaschine mit Schleuderfunktion, die die Wäsche schon handtrocken schleudern können. Damals wurde die Wäsche entweder allein mit beiden Händen gegenläufig gewrungen oder größere Wäschestücke zu zweit sich gegenüber stehend verdreht, um das Wasser heraus zu wringen. Es gab auch mechanische Wäschemangeln oder -pressen, die mit dem Druck zweier Walzen über eine Handkurbel die Wäschestücke quetschten und das Wasser herausdrückten.

Walkerdamm

Straße vom Ziegelteich bis zum Schülperbaum. Benannt nach den dort am früheren Prüner Lauf wohnenden Walkern und Gerbern.

Wasserglas

Flüssiges Wasserglas konnte in Drogerien und Apotheken gekauft werden und wurde im Haushalt oft als Klebstoff verwendet. Es hat aber auch noch viele andere Verwendungen in der Industrie usw. Es gibt Natronwasserglas und Kaliwasserglas für unterschiedliche Verwendungen, da beide Stoffe unterschiedliche Eigenschaften besitzen.

Werner Gebauer

Mein Vater: Werner Gerhard Gebauer wurde am 24.8.1917 in Blumenau/Wüstegiersdorf in Schlesien als jüngstes von drei Kindern geboren. Nach einer Kaufmannsausbildung im elterlichen Betrieb und im Betrieb eines Geschäftspartners in Württemberg sollte er später den elterlichen Handelsbetrieb mit Zigarrenmanufaktur übernehmen. Der Militärdienst bei der Marine und der Krieg kamen dazwischen. Als Marinesoldat in Kiel wohnte er in der Jungmannstraße und lernte meine Mutter Elisabeth (genannt Lisbeth) kennen, die in Hamburg als Kaltmamsell und später als Werknäherin arbeitete und dann nach Kiel in die Samwerstraße zog.

Werner in jungen Jahren zünftig als Mariner   *Abb. 049*

Die Heirat fand am 5.10.1940 statt. Aus der Ehe gingen fünf überlebende Kinder hervor. Nach dem Krieg erlernte Vater den Beruf des Kupferschmieds, den er bis in die 1960er Jahre auf den Kieler Werften und als Auslandsmonteur im damaligen Jugoslawien (Zagreb, heute Kroatien) ausübte. Er wurde dann bei HDW hauptamtlicher Betriebsrat und ging vorzeitig in Rente. Er machte zusammen mit meiner Mutter bis zu seinem frühen Tod am 28.2.1986 noch viele Reisen und genoss bis zuletzt seinen Schrebergarten.

Ziegelteich / Straße Ziegelteich

Der Ziegelteich ist heute eine innerstädtische Hauptverkehrsstraße. Ursprünglich hatte sich ein Teich in der Tongrube einer ehemaligen Ziegelei gebildet. Er wurde auch durch das Wasser der Bäche Prüner Lauf und Winterbeker Lauf gespeist. Die Ziegelei und die Tongrube gehörten der Nikolaikirche, die das Monopol für die Belieferung der Kieler Bürger mit Ziegeln und den Bau von Kirchengebäuden besaß. Nach der Ausbeutung der Grube wurde der Ziegelteich 1866 zugeschüttet. Auf der Fläche wurde erst das Thaulow-Museum errichtet, heute steht dort das Kaufhaus GALERIA KAUFHOF KARSTADT. Damals verlief die Straße Ziegelteich lediglich von der Langen Reihe bis zum damaligen Hauptbahnhof, der am heutigen Stresemannplatz lag, heute endet sie am Exerzierplatz.

Abbildungsverzeichnis

Abb. 001   **Familienbestand Gebauer**
Peter, Ingrid und Jürgen (vorn) vor dem Umzug in die Prüne,
ca. 1951

Abb. 002   **Familienbestand Gebauer**
Lisbeth und Gerd vor der großen Baracke auf dem Kuckucksberg,.
Ende 1950er

Abb. 003   **Familienbestand Gebauer**
Peter und Ingrid in Sonneborn (Thüringen) während der Evakuierung nach der Ausbombung in Kiel,
ca. 1944/45

Abb. 004   **Stadtarchiv Kiel, 2.3 Magnussen 30021**
Signatur: 30.021
Bestand: 2.3 - Bildnachlass Friedrich Magnussen
                   (1914-1987)
Titel: Kuckucksweg in Elmschenhagen
Beschreibung: Blick von der Preetzer Straße. In der Bildmitte
                   rechts der Langsee, dahinter Kleingärten.
Datierung: 04.1963
Fotograf: Magnussen, Friedrich (1914-1987)
Nutzungsrechte: Gesellschaft für Kieler Stadtgeschichte

Abb. 005   **Familienbestand Gebauer**
Die GERMANIA-Werft in den 1920ern, später Arbeitsort von Vater
Werner Gebauer,
ca. 1920

Abb. 006   **Stadtarchiv Kiel,**
                      2.36 Trümmerräumung 50151
Signatur: 50.151
Bestand: 2.36 - Bilddokumentation
                      Trümmerräumung in Kiel
Titel: Trümmerräumung und Wiederaufbau
Beschreibung: Ecke Schülperbaum und Prüne.
Datierung: 10.1949
Fotograf: Unbekannt
Nutzungsrechte: Stadtarchiv Kiel

Abb. 007   **Stadtarchiv Kiel, 2.36 Trümmerräumung**
Signatur: 50.152
Bestand: 2.36 - Bilddokumentation
                      Trümmerräumung in Kiel
Titel: Trümmerräumung und Wiederaufbau
Beschreibung: Ecke Schülperbaum und Prüne.
Datierung: 10.1950
Fotograf: Unbekannt
Nutzungsrechte: Stadtarchiv Kiel

Abb. 008   **Familienbestand Gebauer**
Eingang des Hauses in der Prüne 12, davor Ute mit einer Spielka-
meradin und Jürgen,
1956.

Abb. 009 + 051   Illustration (NiKi's Grafikwerkstatt)
Abb. 009: Kartenmaterial: Daten von OpenStreetMap
Veröffentlicht unter ODbL

Abb. 010   **Stadtarchiv Kiel, 2.36**
                   Trümmerräumung 50150
Signatur: 50.150
Bestand: 2.36 - Bilddokumentation
                   Trümmerräumung in Kiel
Titel: Trümmerräumung und Wiederaufbau
Beschreibung: Weberstraße
Datierung: 10.1949
Fotograf: Unbekannt
Nutzungsrechte: Stadtarchiv Kiel

Abb. 011   **Stadtarchiv Kiel, 2.3 Magnussen 69450**
Signatur: 69.450
Bestand: 2.3 - Bildnachlass Friedrich Magnussen
                   (1914-1987)
Titel: Abriss Wohnhaus am Exerzierplatz 4
Beschreibung: durch Sprengung. Im Hintergrund
                   rechts die Ostseehalle.
Datierung: 09.09.1978
Fotograf: Magnussen, Friedrich (1914-1987)
Nutzungsrechte: Gesellschaft für Kieler Stadtgeschichte

Abb. 012   **Stadtarchiv Kiel, 2.3 Magnussen 35710**
Signatur: 35.710
Bestand: 2.3 - Bildnachlass Friedrich Magnussen
                   (1914-1987)
Titel: Brand in der Gaststätte Paradiso in der
                   Herzog-Friedrich-Straße 57
Datierung: 30.06.1965
Fotograf: Magnussen, Friedrich (1914-1987)
Nutzungsrechte: Gesellschaft für Kieler Stadtgeschichte

Abb. 013   **Familienbestand Gebauer**
Auch in den Kriegsjahren gab es Liebe: Lisbeth und Werner,
ca. 1940

Abb. 014   **Familienbestand Gebauer**
Brigitte und Reinhard,
ca. 1952

Abb. 015   **Familienbestand Gebauer**
Kinder des „Bermudadreiecks": Gerd, Jürgen, vorne Ute und zwei
Spielkameraden aus der Nachbarschaft,
Mitte 1950er

Abb. 016   **Stadtarchiv Kiel, 1.1 FotoSlg 85345**
Signatur: 85.345
Bestand: 1.1 - Fotosammlung (Fotoordner)
Titel: Gaststätte Schifferer-Ausschank am
                   Walkerdamm 11
Datierung: um 1955
Fotograf: Unbekannt
Nutzungsrechte: Stadt Kiel

Abb. 017   **Familienbestand Gebauer**
Lisbeth beim Kinder-Baden,
ca. 1944

Abb. 018   **Familienbestand Gebauer**
Ute (li.) mit Nachbarskind und Ingrid (re.),
ca. 1957

Abb. 019   **Familienbestand Gebauer**
Jürgen mit seinem Fahrrad, hier vor Prüne 10),
1957

Abb. 020   **Stadtarchiv Kiel, 2.18 Borchard 52427**
Bestand: 2.18 - Stadttopografie Kieler Stadtteile
(Bildvorlass Reiner Maria Borchard)
Titel: Wohn- und Geschäftshäuser im
Schülperbaum 14 (Ecke Prüne)
Beschreibung: Blickrichtung Exerzierplatz.
Im Erdgeschoss der Imbiss King Döner.
Datierung: 2009 - 2010
Fotograf: Borchard, Rolf Reiner Maria (1940-)
Nutzungsrechte: Gesellschaft für Kieler Stadtgeschichte

Abb. 021   **Stadtarchiv Kiel, 2.3 Magnussen 18407**
Signatur: 18.407
Bestand: 2.3 - Bildnachlass Friedrich Magnussen
(1914-1987)
Titel: Maikundgebung 1960 des Deutschen
Gewerkschaftsbundes (DGB) auf dem
Rathausplatz
Datierung: 01.05.1960
Fotograf: Magnussen, Friedrich (1914-1987)
Nutzungsrechte: Gesellschaft für Kieler Stadtgeschichte

Abb. 022 + 023   Familienbestand Gebauer
Lisbeth zur Kur im Dünenhaus (auch Müttergenesungswerk genannt) an der Ostsee mit weiteren Müttern,
September 1954

Abb. 024 **Stadtarchiv Kiel, 2.33**
Stadtplanungsamt 86391
Signatur: 86.391
Bestand: 2.33 - Stadtplanungsamt der Stadt Kiel
Titel: Wohn- und Geschäftshaus in der
                    Herzog-Friedrich-Straße 21
Beschreibung: Blick vom Sophienblatt. Im Erdgeschoss u.a.
                    Tabakwarengeschäft Scharlemann.
Datierung: 1962
Fotograf: Unbekannt
Nutzungsrechte: Stadtarchiv Kiel

Abb. 025 **Stadtarchiv Kiel, 2.3 Magnussen 78485**
Bestand: 2.3 - Bildnachlass Friedrich Magnussen
                    (1914-1987)
Titel: Fördedampfer HOHWACHT
                    und FRIEDRICHSORT
Beschreibung: Strandfahrten der Arbeitsgemeinschaft
                    der freien Wohlfahrtspflege (AWO)
                    zum Jugendlager Falckenstein für Kinder
                    und Jugendliche aus bedürftigen Familien,
                    die sich keinen Urlaub leisten können.
Datierung: 07.1958
Fotograf: Magnussen, Friedrich (1914-1987)
Nutzungsrechte: Gesellschaft für Kieler Stadtgeschichte

Abb. 026 + 027   Familienbestand Gebauer
Die Frankfurter: Hanne, Greta, Patenonkel Herbert und Lisbeth
mit ihren Kindern und Hannes Freundin (li.),
ca. 1956

Abb. 028   **Familienbestand Gebauer**
Werner im Schrebergarten beim Genuss von selbstangebautem Tabak,
ca. 1962

Abb. 029   **Familienbestand Gebauer**
Lisbeth mit Gerd, Ute und Jürgen (v.r.) im Schrebergarten,
ca. 1957

Abb. 030   **Familienbestand Gebauer**
Lisbeth, Gerd und Ute im Sonntagsstaat,
1955

Abb. 031   **Familienbestand Gebauer**
Jürgen bei der Einschulung,
1955

Abb. 032   **Familienbestand Gebauer**
Jürgen mit Schultüte auf dem dann täglichen Schulweg am Ersten Schultag auf der Prüne – rechts das freigeräumte Gelände der EICHE-Brauerei, im Hintergrund das stark beschädigte Gebäude des „Hökers" Otto Rohardt,
1955

Abb. 033 - 35   **Familienbestand Gebauer**
Li.: Ingrids Konfirmation | Mi.: Ingrid mit Werner vor Prüne 10 + 12 | Re.: Die geliebte Eckbank in der Küche mit Ute, Gerd und Jürgen bei einer Feier,
ca. 1955

Abb. 036   **Stadtarchiv Kiel, 2.3 Magnussen 12759**

Signatur: 12.759
Bestand: 2.3 - Bildnachlass Friedrich Magnussen
(1914-1987)
Titel: Metallarbeiterstreik 1956-1957
Beschreibung: Streikende warten auf die Stimmenauszählung
der Urabstimmung über Streik vor dem
Gewerkschaftshaus in der Legienstraße 20-24.
Datierung: 13.02.1957
Fotograf: Magnussen, Friedrich (1914-1987)
Nutzungsrechte: Gesellschaft für Kieler Stadtgeschichte

Abb. 037   **Familienbestand Gebauer**

Jürgen und Ute mit einem Nachbarmädchen (re.) bei einer Schneeballschlacht,
ca. 1956

Abb. 038   **Stadtarchiv Kiel, 2.3 Magnussen 17138**

Signatur: 17.138
Bestand: 2.3 - Bildnachlass Friedrich Magnussen
(1914-1987)
Titel: Hochhaus am Holstenplatz
Beschreibung: Holstenstraße Ecke Schevenbrücke;
Straßenbau
Datierung: 07.1959
Fotograf: Magnussen, Friedrich (1914-1987)
Nutzungsrechte: Gesellschaft für Kieler Stadtgeschichte

Abb. 039   **Stadtarchiv Kiel, 2.3 Magnussen 21132**

Signatur: 21.132
Bestand: 2.3 - Bildnachlass Friedrich Magnussen (1914-1987)
Titel: Passanten in der Holstenstraße
Datierung: 06.1951 - 12.1951
Fotograf: Magnussen, Friedrich (1914-1987)
Nutzungsrechte: Gesellschaft für Kieler Stadtgeschichte

Abb. 040   **Stadtarchiv Kiel, 2.3 Magnussen 50110**

Signatur: 50.110
Bestand: 2.3 - Bildnachlass Friedrich Magnussen (1914-1987)
Titel: Holstenplatz
Beschreibung: Blick von der Kreuzung Ziegelteich, Andreas-Gayk-Straße und Sophienblatt zur Holstenstraße mit der Landwirtschaftskammer (links). Im Hintergrund der Rathausturm.
Datierung: 09.1971
Fotograf: Magnussen, Friedrich (1914-1987)
Nutzungsrechte: Gesellschaft für Kieler Stadtgeschichte

Abb. 041   **Familienbestand Gebauer**

Heiligabend auf der Werft – hinten, 2. von rechts Werner, ca. 1956

Abb. 042   **Familienbestand Gebauer**

Heiligabend in der Prüne 12, 1957

Abb. 043 + 044   Familienbestand Gebauer
Links: Silvester in der Prüne 12,
1957
Rechts: Lisbeth und Werner,
Silvester 1957/58

Abb. 045   Familienbestand Gebauer
Winter in der Prüne, mittig Jürgen und Ute, mit Nachbarskindern,
ca. 1955

Abb. 046   Familienbestand Gebauer
Die Briefmarkensammler Gerd und Jürgen sonntags in der Küche
(Prüne 12) auf der Eckbank,
ca. 1957

Abb. 047   Familienbestand Gebauer
Der Mai ist gekommen. Der vierjährige Jürgen mit Cousine Ingeborg auf dem Kuckucksberg,
11.5.1952

Abb. 048   Familienbestand Gebauer
Elisabeth Johanne Thalmann (genannt Lisbeth),
ca. 1946

Abb. 049   Familienbestand Gebauer
Vater Werner als Mariner,
ca. 1930

Abb. 050   Familienbestand Gebauer
Lisbeth, Peter, Ingrid, Jürgen, vorne Ute und Gerd, ca. 1953

Stammbaum

Die Familie mit Mutter Lisbeth, Peter, Ingrid, Jürgen, vorne Ute und Gerd, ca. 1953

Abb. 050

Linie GEBAUER

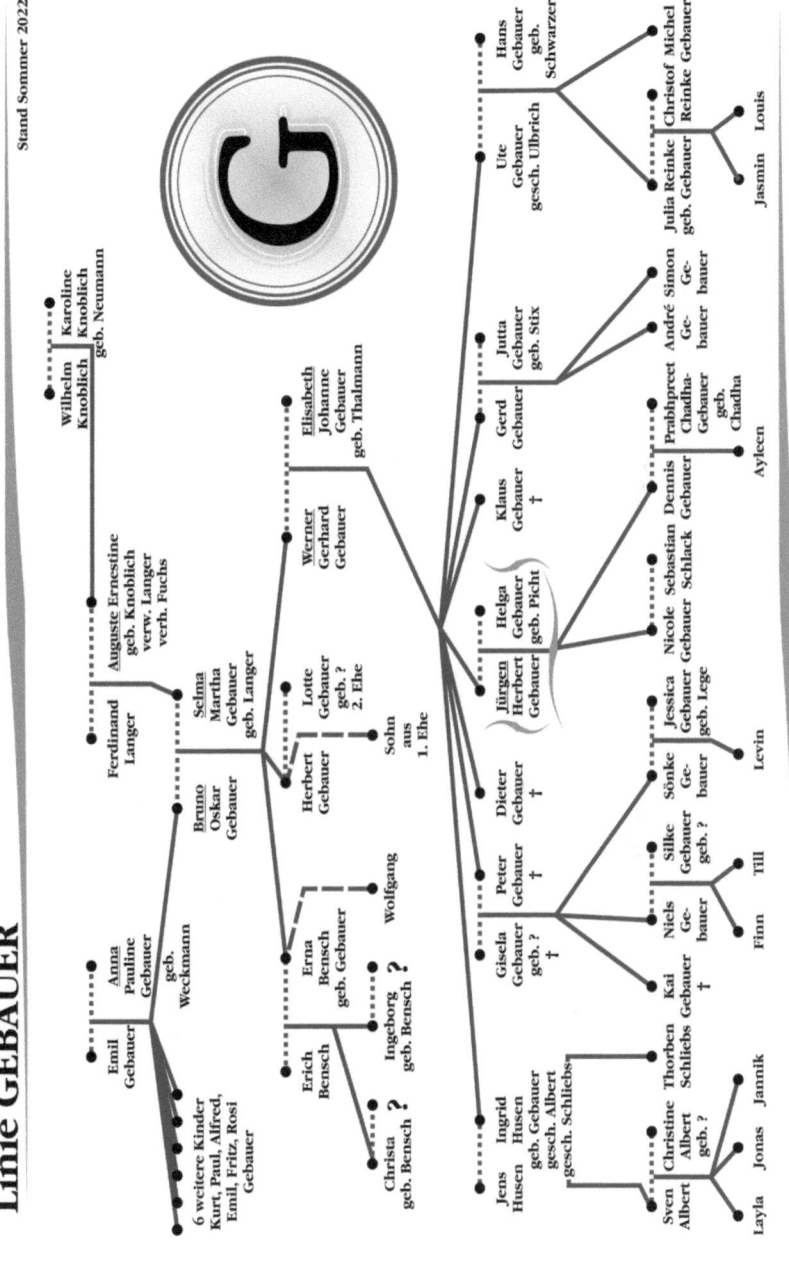

Abb. 051

Raufkommen baden" Ute du ...

du kommst dann in ... Minuten. Ich rufe dich dann." Jürgen, du kannst dann später baden!

Ich war deshalb etwas später dran, weil das Wasser dann aufgeheizt werden musste.

Baden in der Wohnküche bedeutete, dass auf dem grauschwarz gesprenkelten Terrazzoboden eine über-dimensionierte ... flache Zinkbadewanne in Form einer "Herings... + Tomatensoße-Blechbüchse" vor dem Kohleherd stand. Neben dem Kohleherd mit Badröhre befand sich der Spülstein mit Kaltwasser-hahn. Unter dem ... An beiden Straßenfenster zur Straße befanden sich an der Wand zum Kinderschlafzimmer eine Eckbank mit Küchentisch und Stühlen und dann an der Wand bis zur Küchentür das Küchenbuffet. Eine Speisekammer für den Sauerkraut- u. Gurkentopf und sonstige nicht so schnell verder... Lebensmittel ... schloss sich zwischen Küchen- und ... Einen Küchenschrank gab es nicht ... Ich kann mag so zehn Quadratmeter ... bemessen haben. Die Zinkbadewanne wurde bei ... am Spät-nachmittag zuerst befüllt, damit ... großen Geschwister baden konnten. Wasserwechsel ... den Badenden fand je nach Verschmutzungsgrad ...